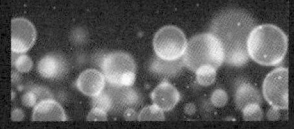

물방울

SUITEKI
by MEDORUMA Shun

Copyright © MEDORUMA Shun, 1997
All rights reserved.

First original Japanese edition published by Bungeishunju Ltd., Japan 1997.
Korean translation rights in Korea reserved by MUNHAKDONGNE Publishing Corp., 2012.
under the license granted by MEDORUMA Shun arrangement with Bungeishunju Ltd., Japan
through Eric Yang Agency, Korea.

이 책의 한국어판 저작권은 에릭양 에이전시를 통해
Bungeishunju Ltd., Japan과 독점 계약한 (주) 문학동네에 있습니다.
저작권법에 의해 한국 내에서 보호를 받는 저작물이므로 무단 전재와 무단 복제를 금합니다.

이 도서의 국립중앙도서관 출판예정도서목록(CIP)은 서지정보유통지원시스템 홈페이지(http://seoji.nl.go.kr)와
국가자료공동목록시스템(http://www.nl.go.kr/kolisnet)에서 이용하실 수 있습니다.
(CIP제어번호: CIP2012001742)

目取真俊 : 水滴

물방울

메도루마 슌 소설
유은경 옮김

문학동네

차례

물방울　　7
바람 소리　　49
오키나와 북 리뷰　　117

부록 | 일본과의 관계에서 본 오키나와 역사　　187
해설 | 기발한 발상, 그 끝은 어디에　　199
메도루마 슌 연보　　207

물방울

도쿠쇼의 오른 다리가 갑자기 부어오르기 시작한 것은 6월 중순, 마른장마로 따가워진 햇볕을 피해 뒷방의 간이침대에서 낮잠을 자던 때였다. 다섯시를 지난 시각이라 조금은 견딜 만해져서 기분 좋게 자다가 문득 오른 다리에 미열을 느끼고 잠에서 깼다. 다리를 보니 무릎 아래가 허벅지보다 굵게 통통 부어 있었다. 깜짝 놀라 일어나려고 했으나 몸도 말을 듣지 않고 목소리도 안 나온다. 끈적끈적한 땀이 목덜미에서 흘러내린다. 뇌출혈이라도 일으킨 걸까 하고 의심했지만 머리에 이상 증상도 없고 의식도 또렷했다. 천장을 바라보며 어떡해야 하나 궁리하는 사이에도 다리는 점점 부어올라 탱탱하게 팽창된 피부가 개미라도 기어 다니는 것처럼 간지럽다. 긁으려고 해도 손가락 하나 까딱할 수가 없어 속으로만 짜증을 내고 있는데 반 시간 정도 지나서야 아내 우시가 깨우러 왔다. 땡볕도 누그러졌으니 밭일 나가자고 부르러 온 것이다.

벌써 큰 동과*만 하게 부푼 오른 다리는 엷은 녹색을 띠어, 발가락들이 마치 머리를 치켜든 반시뱀 가족처럼 부채꼴 모양으로 벌어져 있다. 드문드문 보이는 정강이 털이 보기 흉했다.

"보소, 영감. 고만 자고 일어나소."

어깨를 흔들자 베개에서 머리가 툭 떨어지며 초점 없는 눈과 벌어진 입에서 눈물과 침이 주르륵 흘렀다.

"거참, 빨리 일어나소."

여느 때처럼 일하기 싫어서 꾀부리는 줄 알고, 코를 잡아뗄 것처럼 비틀어봤지만 아무 반응이 없다. 이상하게 여기고 온몸을 훑어본 우시는 그때까지 이웃 사람이 주고 간 동과인 줄만 알았던 게 도쿠쇼의 오른 다리라는 걸 알아차렸다.

"세상에, 다리가 와 이라노."

조심스레 손을 대어보니 미열이 있고 단단했다.

"어이구, 이 게으름뱅이가 한창 바쁜 때 이상한 병에 걸려가꼬."

밭의 김매는 일부터 염소가 먹을 풀 베는 일까지 혼자 다 해야 할 생각을 하니 화가 치밀어, 이런 희한한 병에 걸린 게 다 산신** 퉁기며 노래하는 것도 모자라 도박에 계집질까지 하고 다니니까 그런 거라고 정강이를 한 대 후려쳤다. 도쿠쇼는 눈을 까뒤집은 채 의식이 없었으나 '찰싹' 하는 속 시원한 소리가 나자마자 부은 다리의 엄지발

---

* 박과(科)에 속하는 덩굴 식물로 호박 비슷한 긴 타원형의 열매가 열린다.
** 샤미센과 유사하며 뱀 가죽으로 만든 오키나와의 전통 삼현 악기.

가락 끝이 살짝 터지며 물이 기세 좋게 솟구쳤다. 우시는 얼른 도쿠쇼의 발끝을 침대 옆으로 밀어놓고 발뒤꿈치로 흘러 떨어지는 물을 도자기 물병에 받았다. 솟구치던 기세는 곧 수그러들었지만 쉴 새 없이 떨어지는 액체는 아무리 봐도 물이었다.

"참 별난 일도 다 있다."

엄지발가락 살이 터진 데서 솟아올랐다가 뚝뚝 떨어지는 물방울을 바라보던 우시는 문득 호기심이 생겨 손가락 끝으로 물을 살짝 찍어 맛보았다. 수세미즙처럼 풀내가 나면서 단맛이 돌았다. '피고 땀이고 오줌이고 사람 몸에서 나오는 건 다 짠디'라는 생각을 하면서 우시는 고무로 만든 조리*를 신고 진료소에 의사를 부르러 갔다.

도쿠쇼의 다리에 대한 소문은 이튿날 아침이 되자 온 마을로 퍼졌다. 낮에는 병문안을 핑계 삼아 구경하러 몰려든 사람들이 대문 앞에 50미터나 늘어섰다. 마을에 이런 행렬이 생긴 건 패전 직후 미군이 주는 배급을 탔을 때 이래 처음 있는 일이라, 관심이 없던 사람들까지도 줄을 서는 판국이었다. 처음에는 고맙다고 녹차나 과자를 대접하던 우시도 아이스크림 파는 사람까지 병문안이랍시고 찾아오자,

"머꼬, 우리 남편이 구경거리가?"

하고 화를 내며 곳간에서 손도끼를 들고 와 휘두르기 시작했다. "이 빼질빼질한 놈팡이야" 하고 욕을 하면서도 우시가 얼마나 도쿠쇼를 의지하고 사는지를 잘 아는 마을 사람들은 여기서 잘못 말대꾸라도 했다간 정말로 다칠세라 앞다투어 달아났다.

---

* 발가락 사이에 끈을 끼워 신는 일본식 샌들.

우시가 집 안으로 사라지자 구판장 앞에 있는 용나무(榕樹) 그늘과 마을회관 처마 밑, 그리고 쿠와디사나무*가 가지를 드리운 게이트볼장 옆 벤치 주변으로 자연히 사람들이 모여들어, 실제로 병문안을 가서 다리를 본 사람 중심으로 떠들어대기 시작했다. 다리 모양과 색이 어떠니, 냄새가 나니 안 나니, 살은 눌러도 안 들어가더라, 발톱이 어떻게 변했더라부터 시작해 과거 마을에서 발생했던 국부비대증의 갖가지 예가 거론되고, 길조냐 흉조냐를 따지더니 며칠 만에 부기가 빠질지 알아맞히는 내기까지 걸었다. 마을 재정에 미치는 경제 효과로 이야기가 확대됐을 무렵 노을이 지면서 술이 등장했다. 금세 산신 연주에 노래와 춤이 시작되고 가라테 동작을 하는 사람까지 등장하면서 분위기가 무르익자, 차기 면 의원을 노리는 사람이 염소를 잡고, 그 경쟁 후보라는 사람은 술을 사 오라고 아들을 보냈다. 상품성 없는 망고와 파인애플을 깎으며 풍기는 달콤한 냄새가 고등어 통조림과 잘게 찢은 양념 오징어 냄새에 뒤섞이고 아이들은 폭죽을 터뜨렸다. 아낙들은 염소 고는 장작불에 얼굴이 달아오르고 젊은이들은 해변으로 내려가 밀려오는 파도에 몸을 실었다. 개들도 돼지갈비를 입에 물고 온 마을을 발발거리며 돌아다녔다.

"남 아픈 건 생각도 안 하는 정신 나간 놈들아."

창밖으로 술판을 벌이고 노는 꼴을 내다보던 우시는 주먹을 냅다 휘두르고는 도쿠쇼가 잠들어 있는 침대로 가서 다리 식힐 얼음을 갈아 넣었다. 마을의 터주를 모시는 일에도 꼬박꼬박 참여하고 조상 제

---

* 잎사귀가 다닥다닥 붙어 있어 그늘용 나무로 주로 쓰이는 열대아몬드나무의 오키나와 방언.

사도 거르는 일이 없는 자신에게 '어째 이런 가혹한 일이 벌어진다냐' 하고 한탄하지 않을 수 없었다. 도쿠쇼는 미열만 있을 뿐 맥박도 정상이어서 약하게 코를 골며 기분 좋게 자고 있다. 오른 다리는 이미 한아름이나 되는 동과만 하게 부풀었다. 면도칼로 콕 찍어 터트려보고 싶은 유혹도 느꼈지만 이대로 의식이 돌아오지 않으면 어쩌나 하는 두려움에, 기가 세기로 마을에서 둘째가라면 서러울 우시도 몹시 불안했다. 엄지발가락 끝에서 나오는 물은 1초 간격으로 끊임없이 떨어지고 있었다. 우시는 침대 밑에 두었던 양동이를 빈 양동이로 바꾸고 고인 물을 뒷마당에 뿌렸다.

　진료소 의사 오시로는 아직 삼십대 중반의 심성이 고운 남자로 병자를 대할 때도 자상하여 노인들에게 인기가 높았다. 오시로는 난감한 표정을 감추지 않은 채 혈압도 재고 채혈도 하고 촉진(觸診)도 해보았으나 병명을 찾아내지는 못했다. 시내 대학병원에 입원시켜 정밀검사를 받으라는 의사의 말에 우시는 반사적으로 "안 된다" 하고 소리쳤다. 게이트볼을 같이 하는 친구가 "대학병원에 들어가면 그걸로 끝이데이"라고 했던 말을 굳게 믿었던 우시는 의사가 아무리 설득해도 들질 않았다. 발뒤꿈치에서 떨어지는 물을 작은 병에 담아 가방에 넣으면서 오시로는 내일이라도 정밀검사를 받으라고 재차 권한 후 정기적으로 들르겠다는 약속을 남기고 돌아갔다.

　자식이 없는 우시와 도쿠쇼는 40년 가까이 농사를 지으면서 단둘이 살아왔기 때문에, 어느 한쪽이 없는 생활은 생각해본 적도 없었다. 생명에는 지장이 없을 거라고 억지로라도 믿고 싶었던 우시는 잠시 집에서 증상을 지켜보기로 하고, 떠들썩하게 놀고 있는 마을 사람들을 쫓아버리기 위해 곳간으로 손도끼를 가지러 갔다.

다음 날부터 오시로는 하루에 두 번씩 왕진을 와주었다. 그 사이사이 간호사가 링거를 교환하거나 옷 갈아입히는 것을 도와주러 왔기 때문에 우시는 짧은 시간이나마 밭을 둘러보러 갈 수가 있었다.
"대학병원에 근무하는 친구한테 부탁했던 검사 결과가 나왔어요."
하고 오시로가 말을 꺼낸 건 도쿠쇼의 다리가 부은 지 나흘째 되는 날 오후였다. 오시로는 툇마루에 앉아 우시가 내온 흑설탕에 절인 무를 우적우적 씹어 먹으면서 깨알 같은 숫자가 나열된 용지를 펼쳐 보였다.
"요컨대 보통 물이에요. 석회분이 좀 많은 듯하지만."
우시는 왜 물이 발끝에서 나오느냐고 물었다.
"글쎄, 그걸 모르겠어요."
사람 좋은 얼굴로 웃으며 말하는 오시로를 보며 '그런 것도 모르는 기 무신 의사고'라고 면박을 주고 싶었지만 꾹 참고,
"이유는 몰라도 좋으니까 빨리 멈추게 해주소."
하고 부탁했다. 그러려면 대학병원에 입원시키는 수밖에 없다고 오시로는 되풀이했다. 노인회에서 전적지(戰跡地) 순례를 갔을 때, 관광버스 안에서 '대학병원에서는 노인 환자를 실험 재료로 삼는다'는 말을 들었던 우시는 "아무짝에도 못 쓰겠구마"라고 중얼거리며 빈 접시를 치웠다. 오시로는 "뭐라구요?" 하고 물었지만 우시는 미소와 함께 고맙다는 인사를 하며 내심으로는 자신이 고치는 수밖에 없겠다고 생각했다.

우시는 처음에 도쿠쇼가 사상충에 감염된 건가 싶었다. 우시가 어릴 때만 해도 소나무 밑동 같은 다리를 끌고 다니거나 훈도시*에서 비어져 나온 씨돼지같이 큰 불알을 흔들거리며 다니는 사람이 마을에 몇이나 있었다. 그중에서도 여러 마을을 돌아다니며 수선 일을 하던 손수레 할아버지가 유명했다. 돌처럼 단단해진 거대한 불알은 늙은 호박처럼 편편해서, 할아버지는 땅바닥에 퍼질러 앉아 그 위에서 냄비나 솥, 우산 같은 걸 손보거나 칼을 갈았는데, 그 능숙한 손놀림을 보는 게 마을 아이들의 즐거움이었다. 모든 일이 끝나면 할아버지는 작업 도구와 함께 큰 불알을 외바퀴 수레에 싣고 다음 마을로 떠났다. 여기저기 해어진 기모노를 입은 손수레 할아버지의 작은 뒷모습을 떠올리며 우시는 눈물이 핑 돌았다. 남편도 다리뿐 아니라 불알까지 부어오르는 게 아닌가 걱정했지만 다행히 그럴 기미는 보이지 않았다. 원래부터 털이 없는 편이었으나 지금은 정강이 털까지 다 빠지고 솜털에 싸여서 색까지 완연히 녹색을 띤 다리는, 형태로 보나 감촉으로 보나 반시뱀의 머리 같은 발가락만 없다면 영락없는 동과였다. 물은 여전히 규칙적으로 뚝뚝 떨어지고 있었다.

　오시로의 친구라는 의사 세 명이 물 검사를 하겠다고 찾아왔지만 우시는 집에도 들이지 않고 쫓아 보냈다. 오시로는 별로 기분 나빠 하는 기색도 없이 환자의 상태를 보러 와주었다. 우시도 아무 말 않고 흑설탕에 절인 무를 조금 넉넉하게 내놓았다. 도쿠쇼는 열도 맥박도 안정된 상태로 코만 약간 골며 계속 잠을 잤다. 우시는 밭에 나가는

---

* 일본의 전통 의상으로, 남자의 성기를 가리는 폭이 좁은 천.

시간을 늘렸고 밤에는 큰 양동이를 받쳐놓고 평소같이 자기 방에서 잤다.
침대 옆에 군인들이 늘어서기 시작한 것은 그날 밤부터였다.

침대에서 일어나지 못하게 된 날부터 도쿠쇼의 의식은 쭉 정상이었다. 자고 있는 듯 보였지만 주변에서 떠드는 소리도 들었고 우시와 오시로의 대화도 다 알아들었다. 하지만 말을 하지 못했고, 몸짓과 눈짓으로 우시에게 신호를 보내지도 못했다. 뇌에 이상이 생겨 반신불수가 됐나보다 하고 도쿠쇼는 슬퍼하다가 '이러다 낫겠지' 하는 그만의 낙천적인 성격에 힘입어, 찾아오지 않는다고 삐쳐 있을 술집 여자들에게 미안하다는 편지를 써야겠다는 생각을 하면서 시간을 보냈다.

우시가 자기 방으로 자러 간 후 비몽사몽간에 있던 도쿠쇼는 오른쪽 발톱 끝에서 간지럽기도 하고 따갑기도 한 것 같은 감각을 느끼고 잠에서 깼다. 켜져 있는 형광등 불빛에 눈이 부셨다. 눈이 떠지고 고개가 움직인다.

"어이." 잠겼지만 목소리까지 나왔다.

"여보, 여보" 하고 불러봤지만 옆방까지 들릴 만큼은 나오지 않는다. 그래도 기쁨을 누를 길 없어 머리를 들고 방을 둘러보려다가 자기 발 주변에 줄지어 선 남자들을 보았다. 흙탕물에 빠졌는지 젖어 있는 낡은 군복 차림의 남자들이 하나같이 골똘히 생각하듯 고개를 숙이고 도쿠쇼의 발만 쳐다보고 있다. 머리를 번쩍 치켜들고 보니 도쿠쇼의 발밑에 웅크리고 앉은 남자가 하나 더 있었다. 짧게 깎은 머리의 절반 가량을 꾀죄죄한 붕대로 감은 남자는 도쿠쇼의 오른 발목을 두 손으로 받쳐 들고 발뒤꿈치에서 떨어지는 물을 입으로 받아먹고 있었다. 남자의 목으로 물 넘어가는 소리가 들렸다. 줄지어 있는 남자들이 침을 삼켰다.

남자는 모두 다섯이었다. 서 있는 네 명 중 둘은 철모를 썼고 나머지 둘은 빡빡 깎은 머리에 갈색으로 변색된 붕대를 감고 있다. 맨 앞에 선 남자는 오른팔에 부목을 댔고 그 뒤의 남자는 목발을 짚고 있다. 오른 다리의 무릎 아래가 없었다. 세번째 남자는 아직 열네댓 살 정도로밖에 보이지 않았다. 얼굴의 오른쪽 반이 거무칙칙하게 부어올랐고 알몸인 상반신에는 찢긴 상처가 비스듬히 세 줄기 나 있다. 오디 같은 검은 자줏빛 핏덩어리가 상처에 엉겨 있다. 용모가 반듯한 네번째 남자는 일본 본토에서 건너온 군인인 듯했는데 얼핏 보기에는 아무런 상처도 없어 보였으나 옷깃으로 눈을 돌리니 목 뒤쪽이 반 이상 잘려 있었다.

발밑에 있던 남자가 발뒤꿈치에 입을 대더니 발바닥을 핥기 시작했다. 무섭기도 하고 간지럽기도 하여 얼굴을 일그러뜨린 도쿠쇼는 돌아버릴 것 같은 머리를 정상으로 유지시키기 위해 풍년제 때 추는 춤곡의 가사를 열심히 외웠다. 잠시 후 남자가 일어났다. 그러자 얼른 맨 앞에 서 있던 군인이 쭈그리고 앉아 물을 받아먹기 시작한다. 물을 마시고 난 군인은 미련이 남는지 눈을 떼지 못하다가 몸을 곧추세우고 도쿠쇼에게 경례한 후 머리 숙여 인사하고 오른쪽 벽 속으로 스르르 사라졌다. 그와 거의 동시에 왼쪽 벽에서 다른 군인이 나타나 줄 맨 뒤에 섰다. 방금 나타난 군인은 호기심 어린 시선으로 방을 둘러보고 도쿠쇼와 눈이 마주치자 수염이 덥수룩한 얼굴에 미소를 지으며 고개를 까딱였다. 마흔 살이 넘어 보이는 그 군인은 어디선가 본 적이 있는 얼굴이었지만 누군지 생각이 나질 않았다. 머리에 붕대를 감은 소년병이 신음하며 가슴에 난 상처 부위를 털어냈다. 후두둑 마룻바닥에 떨어진 것은 커다란 구더기들이었다. 상아색의 구더기들이 꿈틀꿈틀 침대 쪽으로 기어온다. 도쿠쇼의 입에서 쉰 소리가 새어 나왔다. 구더기는 30센티미터 정도 전진하더니 까만 얼룩이 되어 사라졌다.

잠시 후 두번째로 물을 다 마신 군인이 경례하고 머리를 깊이 숙여 인사한 다음 오른쪽 벽으로 사라졌다. 왼쪽 벽에서는 방금 전처럼 새로운 군인이 나타나 줄을 섰다. 그런 일이 동틀 때까지 반복되었다.

군인들은 모두 얌전했다. 위해를 가하진 않을까 하는 공포는 금세 사라졌다. 하나같이 부상 정도가 심해서 서 있기 힘들 정도로 고통스러워하거나 공손히 머리를 숙여 인사한 후 사라져가는 모습을 보는 동안에 도쿠쇼는 동정심까지 느끼게 되었다. 그중에는 차마 눈 뜨고 보기 힘든 군인도 있었다. 스무 살 정도밖에 안 돼 보이는 그 군인은 목에서 쇄골 부근까지 움푹 파여 숨을 쉴 때마다 기관에서 피거품을 뽀글뽀글 내뿜었다. 그런 군인도 역시 정신없이 물을 마셨다. 벽시계를 보니 한 사람이 2분 정도. 그 짧은 시간에 똑똑 떨어지는 물로는 갈증을 해소하기가 어려운지 군인들 대부분이 떠나가며 도쿠쇼의 발에 미련을 두다가 다음 군인의 재촉으로 자리를 내주곤 했다. 때로는 발바닥을 핥거나, 물이 잘 안 나오는지 엄지발가락을 입에 물고 빠는 자도 있어 도쿠쇼는 간지러움 때문에 눈을 부릅떴다. 그런 상황에도 차차 익숙해지자 잠깐씩 얕은 잠이 들었다.

오른쪽 벽으로 군인이 사라져도 왼쪽 벽에서 다음 군인이 나타나지 않게 된 것은 새벽 다섯시경이었다. 하늘에 푸른빛이 서리기 시작할 무렵 마지막 군인이 물을 마시고 일어났다. 그는 지팡이에 의지해 절뚝거리며 벽으로 사라졌다. 멍해진 머리를 좌우로 흔들고 도쿠쇼는 오른 다리를 내려다봤다. 부기가 눈에 띄게 빠졌고 물도 나오지 않는다. 졸음이 사라지고, 목소리만 나온다면 큰 소리로 웃고 싶었다. 전신에 힘을 주며 일어나려던 순간 오른쪽 발끝 부분이 쿡쿡 쑤셨다. 엄지발가락 끝에서 물이 기세 좋게 솟구치면서, 도쿠쇼는 입을 벌린 채 정신을 잃었다.

　부기가 빠진 줄 알았던 다리는 점심 전에 이전 상태로 되돌아갔다.
　우시도 온갖 치료법을 다 동원했다. 마을의 나이 많은 할머니를 찾아가 부은 다리 치료하는 비법을 묻고는 일일이 시도해봤다. 붕어와 지렁이를 고아 먹이기도 했고, 해안가 바위에 자생하며 그 즙을 마시면 죽어가던 나비도 날아간다는 후파초즙을 짜 먹이기도 했다. 바다거북 고기가 좋다고 해서 사람을 시켜 거북이를 잡아 오게도 했다. 알로에를 붙여보기도 했고 침이나 뜸으로 나쁜 피를 직접 뽑아보기도 했다. 탱탱 부은 피부에 면도칼을 댈 때는 피나 물이 솟구쳐 나오지는 않을까 불안했다. 살며시 누르자 깨끗하고 빨간 피가 방울졌고, 컵에 모은 피는 색이나 끈끈한 정도로 보아 건강 그 자체였다. 피가 탁하지 않은 건 안심이었지만 나을 기색은 전혀 없었다.
　할머니들의 강력한 권유로 용하기로 소문난 무당도 찾아가보았다. 하지만 돈만 잔뜩 든 데다가 조상을 소홀히 모셔 그렇다는 소리마저 듣자, 무당을 믿은 자신의 나약함이 한심스러울 뿐이었다.

"난 못 고치겠소. 어이구 불쌍한 우리 남편."

부은 다리를 살살 쓰다듬으며 우시가 하는 말을 들은 도쿠쇼는 그만 가슴이 메고 말았다.

군인들은 매일 밤 나타났다. 영시(零時)를 지나 우시가 양동이를 바꿔놓고 제 방으로 돌아가면 곧 왼쪽 벽에서 한 사람씩 모습을 드러냈다. 그 시간이 되면 도쿠쇼도 머리와 눈만은 움직일 수 있었다. 군인들은 물 마시기 전과 후 인사할 때 외에는 거의 도쿠쇼를 보려고 하지 않았다. 부상을 입어 당장이라도 쓰러질 듯한 몸을 간신히 가누며 오직 도쿠쇼의 발가락 끝만 응시했다.

그들이 모두 중상을 입은 일본군이라는 건 단번에 알아차렸다. 열 명 중 여덟은 본토에서 온 군인이었다. 나이는 다 달랐는데, 방위대로 차출된 듯한 오키나와인 중에는 저렇게 늙은 사람까지 뽑았나 생각할 정도로 백발인 남자도 있었다. 말을 주고받는 사람은 거의 없었고 다들 조용히 서서 차례를 기다렸다. 똑바로 서기 힘든 사람은 앞이나 뒤에 있는 사람이 몸을 받쳐주었다. 도쿠쇼는 점점 보고 있기가 괴로워져 눈을 감고 애써 잠을 청했다.

군인들이 나타나기 시작한 지 사흘째 되던 날 동이 틀 무렵이었다. 선잠에서 깨어 벽으로 사라져가는 군인을 멍하니 배웅하던 도쿠쇼는 눈을 내리깔고 나타난 새로운 군인을 보고 저도 모르게 신음했다.

"이시미네……"

마을에서 단둘이 슈리* 에 있는 사범학교로 진학해 철혈근황대원** 으로 행동을 같이했던 이시미네가 헤어졌을 때의 모습 그대로 서 있었다. 붕대 대신 배를 감싼 각반이 피로 검게 물들어 있었다. 도쿠쇼가 자기 것을 풀어 감아준 것이었다. 으스러진 오른 발목에 소나무 가지로 부목을 대준 사람도 도쿠쇼였다. 눈을 내리깔고 있는 선이 가는 옆얼굴을 보며 도쿠쇼는 말을 잃었다.

고향 친구이긴 해도 알고 지낸 건 사범학교에 들어가서부터였다. 반년도 지나지 않아서 다른 친구들에게는 말하지 못할 속내를 농담처럼 얼버무리며 털어놓는 사이가 되었다. 말수가 적고 책만 보는 이시미네에게 거의 일방적으로 도쿠쇼가 말을 걸곤 했다. 짤막하게 돌아오는 그의 감상은 언제나 적확하여 도쿠쇼는 얼굴로는 웃으면서도 마음속으로는 귀담아 들었다.

오키나와 전투***가 시작되었을 때 철혈근황대원으로 같은 부대에 배속된 도쿠쇼와 이시미네는 전령병과 탄약운반책으로 나뉘었다. 오키나와 중부 해안에 상륙한 미군이 남하할 때 최전선에서 맞서 싸운 도쿠쇼의 부대는 두번째 전투에서 괴멸상태에 빠져 섬의 남부로 이동할 수밖에 없었다. 둘은 본토 군인 몇 명과 행동을 같이하면서 동굴에서 동굴로 이동을 거듭했다. 그러다 이시미네가 함포 사격으로 복부를 맞은 날 밤, 섬의 끝자락에 있는 자연 방공호에서 헤어지게 되었다.

물을 마시던 군인이 일어나 경례를 하고 사라져간다. 이시미네는 오른 다리를 질질 끌며, 앞에 있는 군인의 양 어깨에 매달려 두 걸음

* 오키나와의 옛 도읍지로, 현재 나하의 동쪽 지역.
** 오키나와 전투 당시 징집된 14세에서 17세까지의 소년병.
*** 1945년 4월 1일부터 6월 23일까지 오키나와에서 미군과 일본군이 벌인 대규모 전투. 개전 후 처음 일본 영토 내에서 벌어진 전면전으로, 일본군 사령관인 우시지마 미쓰루가 마부니에서 자결하면서 종결되었다.

더 전진했다. 그 뒤를 이을 군인은 나타나지 않았다. 아침이 가까워진 것이다. 오래전부터 알고 있었으면서도 인정하고 싶지 않았던 사실이 분명한 형태로 의식에 떠올랐다.

군인들은 그날 밤 자연 방공호에 남겨진 사람들이었다.

오른 다리의 통증이 되살아났다. 이시미네 차례가 되었을 때 도쿠쇼는 말을 걸려고 머리를 쳐들었다. 이시미네는 눈을 내리깔고 있었다. 도쿠쇼는 아무 말도 못한 채 베개에 머리를 떨어뜨리고 눈을 감았다. 차가운 두 손바닥이 부은 발목을 감싼다. 얇은 입술이 열리고 엄지발가락이 이시미네의 입으로 들어간다. 혀끝이 상처 자국에 닿을 때마다 발끝부터 고관절까지 치닫는 짜릿한 통증이 딱딱해진 음경으로 분출되었다. 도쿠쇼는 나직이 신음하며 늙은 자신의 몸에서 풍기는 비릿한 풀 냄새를 맡았다.

"어떻노, 좀 괜찮나?"

갑자기 방으로 들어온 세이유를 보고 도쿠쇼의 몸을 닦고 있던 우시는 얼굴을 찌푸렸다.

"머하러 왔노?"

가시가 돋친 우시의 말에, 세이유는 주독이 오른 얼굴에 아부 섞인 웃음을 띠며 들고 있던 슈퍼마켓 흰 봉지를 건넸다.

"환자 병문안이야, 병문안. 이거나 받으소."

봉지에서 꺼낸 파파야와 고야*는 어디선가 훔쳐 온 게 분명했다.

---

* 쓴맛이 나는 박과의 열매인 '여주'의 오키나와 방언.

"니놈이 주는 건 아무것도 안 받을란다. 도로 갖고 가라."

테이블에 놓인 오래된 파파야에서는 과육이 물러 들큼한 냄새가 났다. 오렌지색 껍질 밖으로 풍뎅이 한 마리가 기어 나왔다. 세이유가 손가락으로 집어 창밖으로 날리자 풍뎅이는 초록빛으로 반짝이며 푸른 하늘로 사라져갔다.

"어디서 훔쳐 왔노?"

"무슨 소리고? 산 긴데."

"거짓말 말그라."

우시는 지긋지긋하다는 표정으로 말했다. 세이유는 창틀에 기대어 털도 거의 없는 머리를 긁적이며 알랑거리듯 웃는다. 1년 정도 안 본 사이에 폭삭 늙은 것 같아 우시는 불쌍한 생각이 들어 내쫓으려다 그만뒀다.

세이유는 도쿠쇼와 동갑으로 사촌지간이다. 독신으로 살면서 본토로 돈을 벌러 나가거나 나하에서 일용직으로 일하거나 하다가, 구정 전이면 마을로 돌아와 부모가 남긴 집에서 지내며 일당을 받고 사탕수수 수확을 거들었다. 그런데 올 구정에는 돌아오지 않아 도쿠쇼와 걱정을 했었다. 그러나 막상 얼굴을 대하니 지긋지긋한 기분이 앞선 것이다. 두더지라는 별명대로 빈약한 몸집에 얼굴도 빈상이었으나 치아만큼은 말처럼 튼튼했다. 바짓부리를 두 겹으로 접은 헌 미군 군복 바지에 해변 매점에서나 팔 법한 화려한 티셔츠를 입고 세이유는 도쿠쇼의 상태를 신기한 듯이 쳐다본다.

"칠십도 다 되어가면서 이 썩을 놈아."

우시는 도쿠쇼가 술과 노름에 빠진 게 세이유 탓이라고 여겼다. 도쿠쇼에게 다가가 다리에 덮인 목욕 수건을 들춰보려는 세이유 손을 옆에 있던 파리채로 힘껏 내리쳤다.
"아야, 내 손은 와 때리노?"
"드러운 손 대지 마래이."
"나 참, 걱정 돼서 그라는데."
"니가 걱정해서 나을 일이 아닌께 건들지 마래이."
우시가 파리채를 흔들어댔기 때문에 세이유는 얼른 침대 반대편으로 피신했다. 그쪽으로 가자 발끝에서 흘러나오는 물이 똑똑히 보였다. 허옇게 불은 엄지발가락 끝에 작게 찢어진 자국이 있고 거기서 솟아나는 물방울이 발바닥을 거쳐 발뒤꿈치에서 양동이로 떨어진다.
"물이가?"
하고 물었지만 우시는 아무런 대답이 없다. 파문(波紋)을 그리는 무색투명한 액체는 물보다도 맑은 느낌이었다.
"머꼬, 머하는 짓이고?"
발에 얼굴을 가까이 대고 관찰하려는 세이유의 머리에 파리채가 날아왔다.
"비키라, 귀찮다."
우시는 언짢아하며 세이유의 엉덩이를 걷어차고 물이 가득 찬 양동이를 두 손으로 낑낑거리며 창문 쪽으로 가져갔으나 얼른 들어 올리지는 못했다.
"쓸데없이 나서지 마라."
도와주려다가 핀잔만 들은 세이유는 하는 수 없이 창틀에 기대어 마당으로 흩뿌려지는 물을 바라봤다. 뒷마당에는 잡초가 무성했다.

아무리 부지런한 우시라도 거기까지는 손길이 미치지 못하는 모양이었다. 불상화 산울타리도 가지가 제멋대로 뻗쳐 있고 빨간 꽃만이 푸른 하늘에 선명하게 돋보였다. 수세미외꽃인지 호박꽃인지 산울타리를 감은 덩굴에 화사한 노란 꽃 두 송이가 피어 있다. 그 커다란 꽃송이를 넋 놓고 바라보던 세이유는 문득 잡초든 불상화든 기세 좋게 자라난 곳은 우시가 뿌린 물을 뒤집어쓰고 반짝이는 물방울을 달고 있다는 걸 깨달았다. 물을 뒤집어쓰지 않은 곳은 잡초도 싹이 조금 났을 뿐이고 울타리도 얼마 전에 가지치기를 한 모습 그대로 유지하고 있었다. 이상하게 여기고 있는 터에 등 뒤에서 불호령이 떨어졌다.

"봐라봐라, 볼일 없으면 얼른 가라."

침대 옆에서 선풍기 바람을 맞으며 우시가 쏘아본다.

"누님요, 저렇게 잡초를 자라게 냅두면 우야능교."

우시의 눈매가 한층 험악해지고 얼굴이 벌겋게 달아올랐다. 밭이나 마당에 잡초가 자라도록 내버려두는 일을 우시가 얼마나 굴욕적으로 생각하는지 잘 아는 세이유는 심기를 건드리지 않도록 조심하면서 교섭에 들어갔다.

"저 풀 뽑고 밭일할 사람으로 나 안 쓸라요? 도쿠쇼 병수발도 하고. 수고비로 쬐매만 주면 되는데. 밥 멕여주면 더 좋고."

우시는 화난 표정으로 잠시 생각했다. 내심으로는 거들어줄 사람이 필요했다. 밭에 나갈 시간은 한정되어 있고, 풀을 뽑으려 해도 시간적 여유가 없었다. 도쿠쇼의 간병만 하더라도 욕창이 안 생기게 좀 더 자주 자세를 바꾸어주고 싶었다. 동네 사람들이 도와주겠다고 나섰지만 조금이라도 주변에 폐를 끼치는 일은 우시의 자존심이 허락하지 않았다. 세이유를 의지해야만 한다는 사실이 마뜩지 않았으나, '게으름을 피우거나 집 안 물건 훔쳐 가마 다리몽뎅이를 뿌사뿌린데이'라고 겁을 준 다음, 일당 천 엔에 삼시세끼 먹여주는 조건으로 고용했다.

물이 차면 양동이를 바꾸고 30분마다 자세를 바꿔줄 것. 오늘 안으로 뒷마당의 잡초를 베어둘 것. 무슨 일이 있으면 즉각 연락할 것 등을 지시하고, 우시는 경차에 올라타자마자 액셀을 밟아대 하교 중인 초등학생을 두 번이나 칠 뻔하며 밭으로 나갔다.

세이유는 도쿠쇼의 발이나 다리를 관찰하기도 하고 머리맡에 앉아 말을 걸어보기도 했으나 아무런 반응이 없자 지루해져서 라디오를 민요 채널에 맞춰놓고 볼륨을 올린 후 벽에 기대앉아 졸기 시작했다. 한 시간 정도 지나 아랫도리가 차가워지는 느낌에 잠을 깬 세이유는 가랑이 언저리를 본 순간 자다가 오줌을 쌌나 생각했다. 그러다 얼른 일어나 양동이를 바꿔놓았다. 엄지발가락에서 떨어지는 물의 양이 늘어나 양동이에서 넘친 물이 바닥으로 퍼져나간 것이다.

"우짜지, 큰일났다!"

창문 밖으로 물을 버리고 서둘러 바닥을 닦았다.

"근데 이게 뭐꼬?"

한숨을 돌리고 붙어 있는 엄지발가락 끝에서 떨어지는 물을 바라보던 세이유는 조금 전부터 두 손등이 간지러워죽겠더니 지금은 까만 점들로 새까맣게 뒤덮여 있다는 걸 깨달았다. 벌레 같은 게 붙었나 싶어 얼른 손등을 털었지만 떨어지지 않는다. 그게 털이라는 걸 알게 되자 소름이 돋았다. 세이유도 도쿠쇼처럼 체모가 없는 편이었다. 어떻게든 털이 많이 나게 하려고 둘이서 면도기로 밀어보기도 했으나 가슴 털도 팔뚝 털도 솜털인 채였다. 그랬는데 손가락 등에서부터 손목 부근까지 까칠한 털이 돋아났다. 윤기가 도는 까만 털을 보던 중에 머리를 스치는 일이 있었다. 창가로 다가가 뒷마당을 보니 뿌린 지 얼마 안 되는 물은 방울져 영롱했고, 꼿꼿이 선 풀들은 파릇한 냄새를 풍겼다. 산울타리에 빨갛고 노랗게 핀 꽃의 색깔도 유난히 선명했다. 세이유는 양동이 있는 데로 가서 똑똑 떨어지는 물방울을 손에 받아, 벗어진 이마에 두드려 발랐다. 효과가 나타나는 데 5분도 걸리지 않았다. 피부 밑에서 작은 벌레가 기어 나오는 듯 근질거려서 살살 쓰다듬자 보드라운 모발이 자라려는지 딱딱한 싹의 감촉이 느껴졌다. 두근거리는 가슴을 진정시키며 양동이의 물을 손으로 떠 보았다. 아무리 봐도 보통 물로밖에는 보이지 않는다. 코앞에 갖다 대도 아무 냄새도 안 난다. 발꿈치에서 떨어지는 물을 손에 받아 조심스럽게 혀를 대어보았다. 생각한 것보다 부드럽고 달짝지근한 맛이 입안에 남는다. 조금 넉넉하게 입에 머금고 혀로 휘저으니 갑자기 항문 언저리에 열 덩어리가 느껴지며 온몸이 달아오르기 시작했다. 허리를 중심으로 기분 좋은 욱신거림이 느껴지고 바지 앞이 불거졌다. 요 몇 년간, 여자 앞에만 서면 언제나 제구실을 못하고 죽은 참새 머리처럼 축 늘어져 있던 것이 비둘기 머리만큼이나 커져서는 머리를 까딱였다.

"하고 싶다!"

세이유는 가라테의 찌르기 동작을 세 번 연속하고는 물 담을 용기를 찾으러 방을 뛰쳐나갔다.

엄지발가락이 빨리는 감촉과 웃음소리에 도쿠쇼는 잠에서 깼다. 군인들은 순번이 세 차례나 돌았다. 도쿠쇼는 그들이 방공호에 내버려진 군인이라는 걸 깨달았을 때, 처음에는 살해당하지나 않을까 두려움이 앞섰다. 그럴 낌새가 없음을 알자 이번에는 군인들의 갈증을 풀어주는 일이 유일한 속죄인 것 같아 엄지발가락을 빨리며 기쁨조차 느꼈다. 그러나 이제는 역겨워졌다.

세 차례나 물을 마시러 오다보니 군인들도 꽤 변했다. 활력을 되찾은 탓인지 방 분위기에 익숙해진 탓인지 순번을 기다리면서 시끄럽게 떠들기도 하고 때로는 이웃에 들릴 만큼 큰 소리로 웃기까지 했다. 소란을 듣고 우시가 깨어 들어오는 건 아닌가 하고 기대 반 불안 반으로 방문을 쳐다보았지만 그럴 기미는 보이지 않았다. 군인들은 도쿠쇼에게 완전히 무관심했다. 물을 마시기 전과 후에 경례도 하고 머리도 숙였지만 그때를 빼면 거들떠보지 않았다. 이시미네 이외에도 방공호 안에서 대화를 나눈 군인은 몇 있었지만 하나같이 자기를 무시하는 데는 좋은 기분이 들지 않았다.

내가 왜 이런 꼴을 당해야 하나, 도쿠쇼는 하루에도 몇십 번이나 그런 한탄을 하면서도 이유를 생각해보려고는 하지 않았다. 일단 생각하기 시작하면 50년 남짓 가슴속에 담아두었던 게 한없이 쏟아져 나올 것만 같아 두려웠다.

도쿠쇼는 오늘 낮에 교사와 함께 병문안을 와준 초등학생들을 떠올렸다. 근 10여 년간 6월 23일 '오키나와 전투 전몰자 위령의 날'이 다가오면 근처 초등학교, 중학교와 고등학교로 전쟁에서 겪었던 일을 강연하러 다녔다. 몸만 멀쩡하다면 올해도 지금쯤 매일같이 강연으로 바쁘게 돌아다닐 터였다. 병문안 온 아이들은 첫해부터 매년 강연을

간 초등학교의 학생들이었다.

같은 동네에 사는 젊은 교사가 '우리 반 아이들에게 전쟁 이야기를 해주지 않겠느냐'고 부탁한 것이 계기였다. 전쟁 때 있었던 일을 잊으려고 애쓰던 도쿠쇼는 그전까지도 그런 부탁을 여러 번 거절했었다. 대학을 갓 졸업하여 자신의 선의에 의문을 가져본 경험이 없는 듯한 긴조라는 젊은 남자 교사는 정말이지 끈질겼다. 함께 전쟁 이야기를 들으러 다닌다는 여학생 둘도 몇 번이나 머리 숙여 부탁하는 바람에 끝내는 거절하지 못했다.

도쿠쇼는 6학년 교실에서 시종 고개를 숙인 채 준비해온 원고를 읽어 내려갔다. 익숙하지 않은 표준말을 하느라 자주 말이 막혔으나 30분 예정이던 강연은 15분이 조금 지나 끝나고 말았다. 조심스럽게 얼굴을 들자 한순간 정적이 흐르더니 박수 소리가 울려 퍼졌다. 눈물 자국을 보이며 힘껏 손뼉을 치는 아이들의 모습을 보니 얼떨떨했다. 무슨 말이 아이들을 그렇게 감동시켰는지 이해가 가지 않았다. 그 뒤로 읍내의 다른 초등학교, 중학교는 물론 근처의 고등학교에서도 요청이 왔다. 같은 시기에 읍의 교육위원회가 전쟁 체험서를 만들기 시작해 그 조사원에게 전쟁 이야기를 해준 것이 발단이 되어 대학교 조사 동아리와 신문 기자까지 찾아왔다. 텔레비전에서 취재를 나온 일도 한두 번이 아니었다. 본토에서 수학여행 온 학생들에게조차 강연을 했다. 처음에는 무슨 말을 하는지도 모르고 떠들던 도쿠쇼는 점차 상대방이 어떤 얘기를 듣고 싶어 하는지 알게 되었고, 이야기가 너무 매끄럽게 연결되어도 호응이 신통치 않다는 걸 깨닫게 되었다. 이야기에 열을 올리다 아이들의 진지한 눈빛을 보면서 양심의 가책을 느끼거나 주눅이 드는 일도 적지 않았다.

"거짓말로 전쟁 때 눈물 나는 얘기 팔아서 돈 벌다가는 금방 벌 받는데이."

우시는 못마땅한 듯이 충고했다. 그런 말을 듣지 않아도 강연을 끝낼 때마다 이번이 마지막이라고 마음먹었다. 하지만 박수 세례와 꽃다발을 받고 아이들에게 다정한 말을 들으면 솔직히 기뻤다. 만일 자식이나 손자가 있다면 이런 기분이겠구나 하고 눈물을 흘리기도 했다. 게다가 집으로 돌아가 사례금을 세보는 일은 즐거웠다. 대부분을 술과 도박으로 날렸지만 새 산신도, 비싼 낚싯대도 살 수 있었다.

병문안 온 아이들은 목욕 수건으로 감싼 도쿠쇼의 다리를 힐끔거리면서 한 명씩

"빨리 나으세요."

라는 말과 함께 꽃다발이나 종이학을 놓고 갔다. 도쿠쇼는 어느 순간 지금껏 한 말은 모두 거짓말이었다고 고백해버릴까 하는 생각도 했다. 전쟁터에서 실제로 내가 한 짓을 말해버릴까 하는 생각도 했다. 하지만 생각뿐이었다.

'전쟁 때 눈물 나는 얘기 팔아서 돈 벌다가는 금방 벌 받는데이.'

우시의 말이 떠올랐다.

한 군인이 도쿠쇼를 응시했다. 겁에 질린 듯한 눈빛이 낯익다. 다른 군인들은 표정이 부드러워졌는데 스무 살 정도로 보이는 그 젊은이의 얼굴만은 여전히 굳어 있다. 그는 깊이 머리 숙여 인사하고는 가슴을 누른 채 얼굴을 일그러뜨리면서 천천히 무릎을 꿇고 물을 마시기 시작했다.

부대가 괴멸된 후 계속 이동하던 도쿠쇼 일행은 야전병원으로 사용하던 남부의 한 자연 방공호에서 합류했다. 거기에는 간호병으로 동원된 여학생들이 있었다. 여학생들은 물론 함께 있던 인솔교사들과도 아는 사람의 안부를 서로 간단히 확인했다. 그러고는 명령이 떨어지는 대로 전령이 되기도 하고 식료품이나 물을 조달하기도 하고 시체를 처리하기도 하는 날이 이어졌다.

그 젊은 군인을 만난 건 분뇨가 든 나무통을 밖으로 내가려고 할 때였다. 벽에 붙은 침대에서 뻗쳐오는 손들을 뿌리치며 나가고 있는데, 손 하나가 나무통 테두리를 잡는 바람에 누워 있던 군인 얼굴에 분뇨가 튀었다. 욕설이 날아올 것 같아 몸을 움츠렸으나 아무 소리도 나지 않았다. 출입구가 가까워 희미한 빛으로나마 분뇨 묻은 얼굴을 볼 수 있었다. 그는 혀를 내밀어 입 주변의 똥물을 핥고 있었다. 가슴에 감은 붕대가 쉴 새 없이 움직였다. 머리가 천천히 움직이더니 눈구멍 속의 시선이 도쿠쇼를 바라보았다. 내일까지 버티지 못할 것이라고 생각했다. "금방 물을 가져오겠습니다" 하고 나갔지만 그 약속은 지키지 못했다.

발가락을 빠는 남자의 이가 닿아 아프다. 물 흐름이 시원찮은 모양이다. 이걸로 약속을 지키게 되는 건가 하는 생각이 들었다. 하지만 그런 생각에 마음이 편안해지기보다는 죽을 때까지 군인들의 망령에서 못 벗어나지 않을까 하는 두려움이 앞섰다.

머리가 함몰된 군인이 젊은 군인의 어깨를 뒤에서 무릎으로 눌렀다. 젊은 군인은 미련을 남기며 일어나 겁에 질린 눈길로 도쿠쇼를 응시하다 머리 숙여 인사하고는 가슴을 누른 채 벽으로 사라졌다. 쭈그리고 앉은 군인이 정신없이 엄지발가락을 빤다. 함몰된 상처 부위에서 파리가 날아올랐다. 파리는 잠시 군인의 머리 주변을 돌다가 시트 위에 내려앉더니 이내 사라졌다. 그 군인도 방공호 안에서 물을 달라고 매달렸었다. 그 뒤에 서 있는 키 큰 군인도, 그 뒤에 가려져 보이지 않는 오키나와 출신 군인도, 방금 벽에서 나타난 찌부러진 애꾸눈 군인도 모두 방공호 안에서 팔을 뻗치며 애타게 물을 찾던 사람들이었다. 도쿠쇼는 자신이 또다시 그 방공호의 어둠 속으로 끌려들어가는 듯한 기분이 들었다.

문밖에서 인기척을 느낀 세이유는 얼른 펼쳐놓았던 돈을 그러모아 방석 밑에 숨겼다. 창문에서 손전등으로 마당을 쭈욱 비춰 보고는 창의 덧문을 닫고 방 문고리를 확인한 다음 다시 돈 계산을 했다.
물의 효능은 세이유가 예상했던 것 이상이었다. 50년이나 대머리였다는 노인의 검버섯투성이 머리마저 5분도 안 돼 숨털이 돋아났다. 처음에는 말도 안 된다는 표정으로 비웃던 젊은 대머리 고등학교 교사도 시험 삼아 발라보더니 3분 후에는 가진 돈을 몽땅 털어 물을 사 갔다. 얼굴에 바르면 각질이 부슬부슬 벗겨져 매끈한 피부가 되었고, 마시면 오랫동안 축 처져 있던 거시기가 아랫배에 닿을 만큼 머리를 번쩍 쳐들었다. 어차피 사기일 거라고 구경만 하던 사람들도, 올해 여든여덟이라는 노인이 가랑이 부분을 문지르며 코끼리 같은 선한 눈으로 웃음 짓자 "우와!" 하는 소리와 함께 너도나도 사겠다고 아우성쳤다. 한 홉들이 한 병당 만 엔이라는 가격은 너무한가 하는 생각도 들었지만 한 시간도 지나지 않아 다 팔려나갔다.

첫날과 이틀날에는 주워 모은 한 홉들이 술병에 그 물을 담아 이웃 동네 사거리에서 팔았지만 사흘째부터는 그럴싸한 갈색 병을 주문해서 붉은 바탕에 금박으로 '기적의 물'이라고 쓴 상표까지 붙였다. 판매 장소도 상점가의 한 모퉁이에 확보했다. 저녁 일곱시부터 여덟시까지 한 시간만 팔 예정이었으나 반 시간도 채 안 돼 동이 나고 말았다. 소문을 듣고 찾아온 사람들이 점심때부터 줄을 서, 1인당 한 병으로 한정시켜 팔아도 다 돌아가지 않았다. 화를 내며 버티는 손님에게는 예약권을 주고서야 겨우 돌려보내는 판국이었다. 양을 반으로 줄이고 값을 배로 올렸지만 손님은 늘어만갔다. 성분을 조사해봤더니 단순한 물이더라, 세이유는 사기꾼이다라는 소문을 퍼뜨리는 자도 있었지만 효능이 확실히 나타났으므로 얼마 안 가서 세이유를 신 내림 받은 사람으로 떠받드는 노인 단체까지 생겼다.

돈을 가방에 챙겨 넣고 예금 통장을 보면서 흐뭇한 미소를 띠던 세이유는 그만둘 때를 가늠해보았다. 조만간 폭력배들이 나타나 시비를 걸 게 틀림없었다. 이미 두 번이나 매스컴에서 취재를 왔으니 세무서와 보건소에서 주목하기 전에 본토로 피신하는 게 상책이었다. 도쿠쇼의 발에서 떨어지는 물의 양도 많이 줄어서 최근에는 하루에 양동이 세 개를 채우는 게 고작이었다. 그래도 가격을 올리면 백만 엔 정도는 매상을 올리겠지만 뒤쥐 같은 후각이 위험 신호를 보내왔다. 폭력 단체나 세무서도 무서웠지만 우시에게 들키는 게 더 무서웠다. 들통이 나지 않도록 물은 적당량만 덜어 갔다.

'한 사흘만 더 하자.'

그렇게 작정한 세이유는 하카타에서 도쿄까지 마사지 업소를 순례

할 상상에 설레며 돈 가방을 베개 삼아 잠을 청했다.

도쿠쇼의 발이 부풀어 오른 지 이주일이 지났다. 7월로 접어들어 말매미가 귀를 찌르듯이 울어대는 무더운 날이 계속되고, 도쿠쇼의 상태를 묻는 마을 사람들의 말투도 거동 못하는 노인네의 형편을 묻는 것과 다를 바가 없었다. 엄지발가락에서 물이 나오는 것도 옛날부터 마을에 전해오는 수많은 이야기들, 즉 서낭당에 사는 빨간 반시뱀에 물려 눈이 먼 남자 이야기나 백열 살까지 장수해 이마에 뿔이 돋았다는 마카토 할머니 이야기와 마찬가지로, 기이한 일이긴 해도 색다른 일은 아니라는 식으로 문득 생각난 것처럼 언급하곤 했다.
　우시는 아침 여섯시 전에 일어나 따끈한 녹차를 마시며 흑설탕 한 조각을 먹고 시원할 때 밭일을 하는 일상생활로 돌아갔다. 세이유는 우시가 차를 마시고 있을 때쯤 나타나 저녁때까지 거의 도쿠쇼 곁을 지키며 병간호를 했다. 틈틈이 필요한 물건도 사 오고 집 안 청소와 염소가 먹을 풀까지 알아서 척척 처리했다. '머리가 돈 거 아냐' 하고 우시가 의심쩍어할 만큼 몸을 아끼지 않았다. 다만 뒷마당의 풀만은 자란 채 그대로라서 한 번 주의를 주자, 아무리 베어도 아침에는 또다시 그만큼 자란다고 대꾸를 했다. 또 거짓말을 한다고 생각했지만 다른 일들을 잘해내고 있어 그 정도는 눈감아주기로 했다.
　우시는 저녁 여섯시쯤 집으로 돌아와 세이유와 교대하면 바로 도쿠쇼의 몸을 닦고 옷을 갈아입힌 다음 목욕을 하고 저녁을 먹었다. 그리고 침대 옆에 앉아 라디오를 들으면서 그날 마을에서 일어났던 일들을 도쿠쇼에게 이야기해주었다. 진료소 의사 오시로는 간호사와 번갈아가며 바지런히 들러주었다. 도쿠쇼는 링거도 맞고 코에 꽂은 관으로 유동식도 주입받아, 조금 마르기는 했어도 피부는 오히려 더 윤기가 났다. 술과 담배를 안 하는 덕분인지 혈압도 안정되었다. 다리의 부기는 여전했지만 나오는 물의 양은 줄어들었다. 특히 밤에는 거의 안 나오는 모양이었다. 다만 그런 징후가 좋은 건지 나쁜 건지 알 수 없다는 게 불안했다.

오시로는 우시의 얼굴만 보면 입원 얘기를 꺼냈다. '대학병원은 믿을 수 없다'는 말과는 달리 우시도 내심 동요하기 시작했다. 더 이상 나빠질 것 같지는 않았지만 나을 기색도 없었다. 그런 상태가 죽을 때까지 계속된다고 생각하니 지푸라기라도 잡고 싶은 심정이었다.

"우짜믄 좋겠노……"

전쟁 중에도 약한 모습을 보인 적이 없는 우시지만 마음이 약해지지 않을 수 없었다.

그날 밤에도 우시가 방을 나가자마자 군인들이 나타났다. 맨 처음 나타난 군인이 기다렸다는 듯이 허겁지겁 엄지발가락을 입에 물자 차가움에 등골이 오싹해졌다. 입술과 혀의 움직임에 신경이 쓰여 잠을 이룰 수가 없었다. 군인들이 떠드는 소리가 듣기 싫어 몇 번이나 조용히 하라고 소리쳤건만 쉰 소리만 새어 나와 상대방은 들은 척도 안 했다. 이런 상태가 더 이상 계속되면 미쳐버릴 것 같았다. 귀를 막지도 못하고 이불을 뒤집어쓰지도 못한 채 몇 번씩이나 깜빡 잠이 들었다가 깨던 중 다섯시를 알리는 시보를 아스라이 들었다고 생각했을 때, 눈앞에 이시미네가 서 있었다. 방 안에는 둘뿐이었다. 여태까지 고개를 숙이고만 있던 이시미네가 고개를 들고 도쿠쇼를 바라보았다. 도쿠쇼는 머리를 치켜들고 말을 건네려 했으나 소리가 나오지 않았다. 머리를 숙여 인사한 이시미네는 침대 파이프를 꽉 쥐고 오른쪽으로 기울어지는 몸을 간신히 추스르며 쭈그려 앉았다. 물이 거의 나오지 않는지 엄지발가락을 입에 물고 부드럽게 빨았다.

마지막으로 헤어진 날 밤의 일이 생생하게 떠오른다. 저녁 무렵 물을 길으러 나간 도쿠쇼 일행은 근처에 정박한 군함에서 쏜 포탄을 맞았다. 함께 있던 여학생 셋은 즉사했다. 이시미네도 파편으로 배가 찢겨 그나마 움직일 수 있는 사람은 도쿠쇼뿐이었다. 배를 누르며 신음하는 이시미네의 손바닥 밖으로 돼지나 염소의 배를 갈랐을 때 본 것과 같은 것이 비어져 나와 있었다. 다리에 감았던 각반을 풀어 이시미네의 배에 감아주고 방공호까지 끌고 갔다. 방공호에 들어서자 먹을 것과 물을 찾는 병사들이 난리를 쳤다. 도쿠쇼는 이시미네를 입구 언저리에 눕혀놓은 채 다시 서둘러 물을 길으러 나가야만 했다.

밤이 되었을 즈음 방공호 안이 소란스러워졌다. 전령병이 움직일 수 있는 사람은 들 수 있는 만큼의 짐을 챙겨 남쪽으로 이동하라는 명령을 전달했기 때문이었다.

남겨질 것을 예감한 병사들의 살려달라는 아우성과 호통치는 하사관의 고함이 탁한 어둠 속에 뒤섞였다. 짐을 꾸리는 소리와 비가 내리는 소리가 더해져 이시미네 옆에 앉은 도쿠쇼의 머리를 때렸다. 뭔가 중요한 생각을 해야 하는데 도무지 정리가 되지 않았다. 하얀 류큐 석회암의 자연 방공호는 그리 높지 않은 산 중턱에 있었다. 쏟아지는 빗발이 무수한 나뭇잎에 떨어지며 물안개로 변해, 방공호 입구 부근의 움푹 파인 암벽에 기대 있던 이시미네와 도쿠쇼의 몸으로 스며들었다.

방공호 안에서 나온 척후병 둘이 총을 들고 숲 속 비탈을 재빠르게 내려갔다. 이동이 시작된 모양이었다. 검은 덩어리가 어둠 속에서 불쑥 튀어나와 인간의 형상이 되며 차례차례 산비탈을 내려간다. 도쿠쇼는 이시미네의 몸을 끌어안고 벽에 기댄 채 숨을 죽이며 그 모습을 지켜봤다. 제대로 걸을 수 있는 병사 수가 더 적었다. 어깨를 의지하고 지팡이를 짚고 내려가던 병사들은 비로 질퍽해진 비탈길에 미끄러지며 다른 사람까지 쓰러뜨려 서로 욕설이 오갔다. "조용히 못하나!" 소리 죽인 질타가 날아온다. 들것으로 동료를 운반하던 여학도병 중 하나가 다가왔다.

"이시미네 씨 상태는 어떠세요?"

같은 마을 출신임을 알고 난 뒤부터 마주칠 때마다 짧은 대화를 나누던 미야기 세쓰였다. 암벽에 기대어 얕은 숨을 내쉬는 이시미네는 받쳐주지 않으면 쓰러지는 형편이었다. 도쿠쇼는 고개를 저었다. 세쓰도 더 이상 물으려 하지 않았다. 까칠해진 세쓰의 손이 도쿠쇼의 손목을 잡더니 손에 수통과 종이봉투를 쥐어주었다. 안 받으려는 도쿠쇼의 손을 도로 밀며 세쓰는 귓가에 얼굴을 갖다 댔다.

"저희는 이토만의 제3외과(第三外科) 방공호로 향하니까 꼭 뒤따라오세요."

세쓰는 도쿠쇼의 어깨를 손으로 감싸 쥐며 다짐을 두고는 이시미네의 얼굴에 살며시 손을 대고 이별을 고했다. 머리를 양 갈래로 땋은 뒷모습이 급경사진 비탈을 미끄러져 내려가더니 나무 사이로 사라졌다.

얼마나 그 자리에 앉아 있었을까. 눈앞에서 이동하는 병사들의 모습이 점차 낮게 일그러져갔다. 구부정하게 지팡이를 짚고 가던 사람이 네발로 기어가다가 급기야는 땅바닥에 엎드려서 손발이 잘린 양서류처럼 몸을 좌우로 움직인다. 버림받은 데 대한 원망과 분노, 울음소리가 진흙탕을 기어가는 소리와 뒤섞였다. 급경사에서 미끄러지며 곤두박질쳐 더 이상 움직이지 못하게 된 병사들의 신음이 도쿠쇼의 귀에 어렴풋이 들려왔다.

'도쿠쇼오……'

희미하게나마 그렇게 부르는 것 같았다.

"이시미네."

귓전에 대고 불러봤지만 대답이 없다. 그의 입에 볼을 가까이 대자 미약하게나마 호흡이 느껴졌다. 도쿠쇼는 몸을 미끄러뜨려 이시미네의 몸을 눕혔다. 배를 감은 각반이 밀리며 스으윽 하는 소리가 났다. 세쓰가 주고 간 종이봉투에서 건빵을 꺼내 손에 쥐여주었다. 수통의 물을 손바닥에 받아 하얀 이가 보이는 입술 사이로 흘려 넣었다. 입 밖으로 넘친 물이 볼을 타고 흘러내리는 순간, 도쿠쇼는 더 이상 참지 못하고 수통에 입을 댄 채 게걸스럽게 물을 마셨다. 한숨을 돌리고 나니 수통은 텅 비어 있었다. 물의 입자가 유리 가루처럼 콕콕 쑤시며 전신으로 퍼져나갔다. 도쿠쇼는 무릎을 꿇고, 늘어져 있는 이시미네를 내려다보았다. 어둠과 흙탕물이 스며들어 이젠 일으켜 세울 수도 없을 만큼 무거워졌다. 방공호 안에선 더 이상 아무 소리도 들려오지 않는다. 텅 빈 수통을 이시미네의 허리 부근에 놓았다.

"용서해도, 이시미네……"

도쿠쇼는 비탈길을 미끄러져 내려와 나뭇가지에 얼굴이 부딪치는 줄도 모르고 숲을 빠져나왔다. 달빛에 하얀 석회암 길이 도드라져 쓰러져 있는 병사가 검은 조개처럼 보였다. 비늘이 한 장 한 장 벗어져 나가는 까만 뱀의 꼬리가 저 앞쪽에 보인다. 그 뒤를 따라 달리던 도쿠쇼는 죽은 줄 알았던 병사가 뻗은 손에 걸려 넘어졌다. 뻗쳐오는 병사의 손을 뿌리치고 일어서려다 오른 발목에 통증을 느꼈다. 버림받았다는 공포가 북받친다. 도쿠쇼는 다리를 절뚝거리며 뛰었다. 갑자기 등 뒤에서 포탄 터지는 소리가 울렸다. 산 중턱에서 잇달아 섬광이 번쩍인다. 도쿠쇼는 미군에게 발각되는 게 두려워, 뛰면서도 수류탄으로 자결한 병사들을 욕했다.

나흘 후 도쿠쇼는 섬의 최남단 마부니 해안에서 미군의 포로가 되었다. 정신을 잃고 해안가 근처를 떠다니다 구조된 것이었다. 그 뒤로 수용소 안에서나 고향으로 돌아와서나 누군가가 불현듯 이시미네를 방공호에 버려두고 온 놈이라고 비난하지는 않을까 하고 두려움에 떠는 날들이 계속되었다.

고향으로 돌아온 지 일주일 정도 지났을 때 이시미네의 어머니가 찾아왔다. 미군이 지급한 통조림과 감자를 꺼내놓으며 무사히 귀환한 것을 한 핏줄처럼 기뻐해주는 모습을 차마 똑바로 쳐다볼 수가 없었다. 도망치는 와중에 헤어져 그 뒤의 행방은 모른다고 도쿠쇼는 거짓말을 했다. 그 후 수년간 하루하루의 생활에 쫓기는 삶으로 이시미네의 기억을 잊으려고 애썼다.

방위대에 붙잡힌 아버지 슈토쿠는 행방불명인 채였다. 할아버지와 두 여동생은 수용소에서 풀려난 지 얼마 안 돼 잇달아 말라리아로 죽었다. 할머니와 어머니 그리고 젖먹이 남동생만 다시 만날 수 있었다. 종기투성이 머리에 늘 파리가 꾀었던 남동생은, 원래부터 몸이 약했던 어머니 도미의 젖이 나오지 않아 결국 한 살도 되기 전에 죽었다. 거동이 불편한 어머니를 할머니에게 맡기고, 열여덟밖에 안 된 도쿠쇼는 나이를 속여 매일같이 낮에는 이웃 마을의 미군 항구에서 하역 일을 하고, 새벽과 밤에는 잠깐씩 밭일을 했다. 2년 후 어머니가 세상을 떠나고 할머니와 단둘이 남았다. 여러 차례 고향을 떠나 미군기지 건설로 번창하던 중부 지방에서 일용직 노무자로 일하거나 나하에서 도장(塗裝) 일을 하거나 했지만 오래가지는 못했다. 스물다섯에 귀향한 도쿠쇼는 미군 비행기의 연료통으로 배를 만들어, 밭일하는 틈틈이 바다로 나가 잠수해서 고기를 잡고 돈을 벌었다. 스물일곱 때 생선 장사를 하던 우시를 만나 결혼했다. 할머니가 무척 기뻐했다. 두 살 연상인 우시는 기가 센 대신 정이 많아서 할머니가 죽기 전까지 3년간 진짜 가족 이상으로 정성껏 수발을 들었다. 우시와 단둘이 살게 되면서부터 도쿠쇼는 술의 양이 늘더니 도박에까지 손을 댔다. 우시는 아이가 안 생기는 탓이라고 여기고 몰래 병원에 다니기도 했다.

하지만 도쿠쇼가 술에 절어 살게 된 이유는 따로 있었다. 할머니의 사십구재 때 마을 할머니들이 나누던 대화에서 도쿠쇼는 우연히 미야기 세쓰의 일을 들었다.

도쿠쇼가 우여곡절 끝에 이토만의 제3외과 방공호에 도착했을 때 잇단 공격을 받은 방공호는 이미 폭파되고 없었다. 그 후 미야기 세쓰의 소식을 접하지 못한 채 도쿠쇼는 섬의 최남단 마부니 해안까지 쫓겨 갔다. 그런데 사실은 세쓰 일행도 도쿠쇼와 거의 같은 길로 하루 전에 마부니 해안까지 와 있었다. 그런 다음 도쿠쇼가 폭풍을 만나 정신을 잃고 표류하던 해안가에서 200미터도 채 떨어지지 않은 바위 위에서 세쓰는 동료 여학생 다섯 명과 수류탄으로 자결했던 것이다.*

친척들과 손님들이 다 돌아간 뒤 도쿠쇼는 홀로 바닷가로 내려갔다. 수통과 건빵을 건네주고 자신의 어깨를 손으로 꼭 감싸 쥐던 세쓰의 얼굴이 떠올랐다. 슬픔과 그보다 더 큰 분노가 솟구쳐 세쓰를 죽음으로 몰아넣은 놈들을 때려죽이고 싶었다. 그와 동시에 이제 이시미네 일을 아는 사람은 없다고 내심 안도하는 자신을 느꼈다. 엉엉 소리 내어 울고 싶었지만 눈물은 나지 않았다. 술의 양이 단번에 늘어난 것은 그때부터였다. 그 이후 이시미네나 세쓰의 일은 기억 밑바닥에 봉해놓고 살아온 줄 알았다.

이시미네는 도쿠쇼의 다리를 쓰다듬듯 손바닥으로 발목을 감싸고 열심히 물을 마셨다. 시원한 바람이 방으로 들어온다. 창밖 바다 저편에서 해가 떠오르는 기운이 느껴진다. 평소대로라면 벽으로 사라지고도 남을 시각이다. 풀어 헤쳐진 잠옷 사이로 술의 양이 늘어난 이후 퉁퉁해진 뱃살이 보인다. 배꼽 주변에만 털이 난 허여멀건 한 배와 동과처럼 퉁퉁 부은 오른 다리의 흉측함. 도쿠쇼는 이제부터 빠르게 늙어가리라는 것을 알았다. 침대에 누운 채 50여 년간 숨기기 급급했던 기억과 죽을 때까지 맞서야 한다고 생각하니 두려웠다.

"이시미네, 용서해도……"

흙빛이던 이시미네의 얼굴에 화색이 돌고 입술에도 혈색이 돌아왔다. 두려움과 자기혐오 속에서도 음경은 빳빳해지고, 상처 자국을 휘감는 혀의 감촉에 도쿠쇼는 나직이 신음하며 사정(射精)을 했다.

---

* 일본군은 여자들에게 미군 포로가 되면 능욕을 당한다고 잡히기 전에 자결하도록 주입시켰다.

물방울 41

입술이 발에서 떨어졌다. 집게손가락으로 가볍게 입을 닦고 일어선 이시미네는 열일곱 살 때의 모습 그대로였다. 정면을 바라보는 속눈썹이 긴 눈에도, 홀쭉한 볼에도, 빨간 입술에도 미소를 띠고 있다. 새삼 분노가 치솟았다.

"이 50년을 내가 얼마나 마음고생하며 살았는지 니가 아나?"

이시미네는 미소 지으며 도쿠쇼를 쳐다볼 뿐이었다. 일어나려고 몸부림치는 도쿠쇼에게 이시미네는 가볍게 고개를 까딱였다.

"고마워. 이제야 갈증이 해소됐어."

이시미네는 완벽한 표준어로 그렇게 말하더니 미소를 거두고 거수경례를 한 다음 깊숙이 머리를 숙였다. 벽으로 사라질 때까지 두 번 다시 도쿠쇼를 돌아보지 않았다. 오래되어 더러워진 벽에 도마뱀 한 마리가 기어 나와 벌레를 잡아먹는다.

새벽을 맞이하는 마을에 도쿠쇼의 통곡 소리가 울려 퍼졌다.

평소보다 일찍 우시네 집으로 온 세이유는 침대 머리맡에서 울고 있는 우시를 보고 깜짝 놀랐다. 우시의 눈물을 보리라곤 상상도 못했기 때문에 '결국 죽었나' 하고 조심스레 들여다보니 부릅뜬 도쿠쇼의 눈이 번득이며 세이유를 쳐다본다.

"다 나았데이."

아직 수염을 깎지 않은 얼굴을 일그러뜨리며 웃고 그 한 마디를 하더니 도쿠쇼는 눈을 감았다. 다리를 보니 부기는 완전히 빠졌고 물도 나오지 않았다. 양동이 바닥에 1센티미터 정도 고인 물에 날벌레가 떠 있었다. 발소리를 죽이며 방을 나가려는 세이유를 우시가 불러 세왔다. 식은땀을 흘리며 돌아보니 눈물범벅이 된 얼굴을 닦을 생각도 않고 다가온다. 순간 달아나려는 세이유의 손을 우시가 꽉 붙잡았다.

"고맙데이. 니 덕분에 살았다아이가."

우시는 품속에서 꺼낸 종이봉투를 세이유 손에 쥐여주고 머리를 숙였다.

"사촌지간에 당연한 일 갖고."

세이유는 아부 섞인 웃음을 지으며 나중에 또 들르겠다는 말을 남기고 방을 나오자마자 자기 집으로 줄달음했다. 물이 나오지 않는다는 걸 안 이상 이 마을에 있을 이유는 없었다. 돈과 갈아입을 옷이 든 가방을 들고 구판장 앞 공중전화에서 택시를 불렀다. 냉방이 잘된 차 안에서 한숨을 돌리자 바지 주머니에 든 종이봉투 생각이 났다. 봉투 안을 들여다보니 만 엔짜리 지폐가 석 장 들어 있었다. 우시로서는 크게 선심을 쓴 편이었다. 양심이 콕콕 찔렸지만 간병으로 도움을 준 건 분명하잖아라고 생각하며 운전수를 재촉했다. 항공권 예약 날짜는 일주일 뒤였다. 그때까지는 나하의 호텔에서 지낼 생각이었다. 세이유는 옆에 있는 가방을 어루만졌다. 그 안에 든 5백만 엔 외에도 천만 엔 남짓 되는 돈이 은행에 예금되어 있다. 가방에 든 것은 돈과 갈아입을 옷만이 아니었다. 그 '물'도 잊지 않고 스테인리스 물통 네 개에 확보해두었다. 한 통을 꺼내 휴대용 위스키와 함께 목을 적시자 벌써 가랑이가 욱신거리기 시작했다. 앞으로 예정된 여행 일정을 상상하고 미소를 지으며, 세이유는 가게 뒤처리를 하려고 이웃 마을에 들렀다.

가게 앞에서 고함을 치고 있는 수백 명의 군중을 보고 세이유는 열려던 택시 문을 도로 닫았다. 처음엔 물을 사려고 기다리는 사람들인

물방울 43

줄 알고 내릴까 말까 망설였지만, 곧 심상치 않은 분위기를 느꼈다. 모여 있는 사람들 모두가 하나같이 모자와 마스크, 선글라스로 얼굴을 가렸고 개중에는 손에 금속 방망이나 쌍절곤, 칼 같은 것을 들고 있는 사람도 있었다. 운전수에게 빨리 출발해달라고 말하려던 찰나 세이유를 발견한 사람이 있었다. 순식간에 택시가 포위되고 세이유는 가방과 함께 끌려 나왔다. 머리를 감싸며 웅크리는 세이유를 여러 개의 손이 잡아 올렸다.
"똑바로 서지 못하나, 이 썩을놈아!"
귓가에 대고 남자가 호통을 쳤다.
"봐라, 이 물은 대체 머꼬?"
눈앞에서 흔들어대는 작은 병 바닥에 소량의 물이 찰랑거렸다.
"예, 그게, '기적의 물' 입지요."
말이 채 끝나기도 전에 옆에 있던 여자의 손바닥이 날아왔다.
"뭐가 기적의 물이고!"
덤벼들려는 여자를 주변에서 말렸다. 하이힐의 앞쪽 굽이 정강이를 찬다. 신음하며 무릎을 웅크리는 세이유를 정면에 있던 남자가 멱살을 쥐며 일으켜 세웠다.
"이놈아, 니가 판 썩은 물 때문에 어떻게 됐는지 두 눈으로 똑바로 보그래이!"
남자가 모자와 마스크 그리고 선글라스를 벗었다. 곰팡이처럼 보기 흉하게 잔털이 드문드문 난 머리, 검버섯투성이의 주름진 얼굴.
"어떡할 끼고?"
울부짖는 남자의 목소리는 두번째로 물을 구입했던 고등학교 교사였다. 주변 사람들도 차례로 모자와 마스크, 선글라스를 벗었다. 남자고 여자고 하나같이 머리털이 빠지고 검버섯과 곰팡이가 편 여든 살 넘은 노인의 얼굴이었다. 세이유가 얼른 자기 머리에 손을 대어보니 머리카락이 후두둑 떨어졌다.

"이럴 수가."

놀란 목소리를 주먹이 끊어버렸다. 세게 밀쳐져 택시 문의 유리창에 비친 세이유의 얼굴이 순식간에 흉측해졌다. 가방이 찢기고 돈이 흩날린다. 연쇄 추돌 사고가 일어나 차가 멈추고 출근 중이던 사람들이 달려온다. 경적 소리와 고함이 난무하는 가운데 엉금엉금 기어서라도 도망치려던 세이유는 목덜미가 잡혀 아스팔트 바닥에 내팽개쳐졌다. 쌍절곤과 구두 굽과 새 다리같이 깡마른 주먹이 뒤쥐처럼 움츠린 세이유의 몸을 난타했다. 머리카락이 드문드문 빠지고 볼과 목의 주름이 삼중으로 접힌 여자가 스테인리스 수통 세 개를 들고 택시 위로 기어올라가더니 아무것도 모르는 사람들 위로 물을 뿌리며 미친 듯이 웃었다. 사람들 다리 사이로 굴러가다가 강으로 떨어진 나머지 한 통은 바다 쪽으로 떠내려가면서, 택시며 급히 달려온 경찰 순찰차를 뒤엎고 광란하는 군중에게 아침 햇살을 반짝반짝 반사시켰다.

열흘이 지났다. 도쿠쇼는 창밖으로 뒷마당에 자라난 여름 잡초를 바라보았다. 물이 안 나오고부터 군인들은 두 번 다시 나타나지 않았다. 그래도 혼자 자기가 불안해 사흘 동안은 우시더러 침대 옆 바닥에서 자달라고 부탁했다. 퉁명스러운 대꾸와는 달리 우시도 그리 싫지만은 않은 듯했다. 불을 켜놓은 채 도쿠쇼는 자기가 누워 있는 동안 마을에서 일어났던 얘기들을 들으면서 물 마시러 왔던 군인이나 이시미네 얘기를 해줄까 망설였다. 하지만 결국 말하지 못했다. 앞으로도 말할 일은 없으리라 생각했다. 다만 몸이 완전히 회복되면 우시와 함께 그 방공호를 찾아가고 싶었다. 전쟁 중에 여기 숨어 있었다는 말만 하고 꽃을 바치고 유골을 찾을 생각이었다. 그렇게 결심하는 한편 또 하루 이틀 미루다 결심이 흔들리고, 이시미네의 일을 잊어버리려고 애쓰는 건 아닐까 불안했다. 그토록 마시지 않겠다고 맹세한 술도 다시 마시기 시작했다. 길거리에서 뭇매를 맞고 집에 몸져누운 세이유를 문병하러 간 날, 마침 와 있던 술친구가 권하는 대로 술을 들이켰다. 두 손이 골절되어 아와모리*를 빨대로 마시던 세이유가 곯아떨어진 뒤에도 술판은 계속되었고 그러다 화투판이 벌어졌다. 우시는 다음 날 아침 집 문 앞에 쓰러져 자고 있는 도쿠쇼를 보고 발로 걷어차고는 아무 말 없이 밭일을 하러 나갔다.

'내일부터는 밭에 일하러 나가야지.'

도쿠쇼는 그렇게 다짐하고 몸도 움직일 겸 무성하게 자란 잡초나 벨 생각으로 곳간에서 낫을 찾아 들고 뒷마당으로 갔다. 허리까지 자란 잡초의 기세에 기막혀하면서 반시뱀에 물릴세라 막대기로 풀뿌리 부근을 여기저기 두드렸다. 막대기 끝이 뭔가 단단한 물체에 부딪히며 튕겨 나왔다. 풀을 깎고 보니 불상화 산울타리 밑에 도쿠쇼도 안아 올릴 수 없을 만큼 큰 동과가 가로놓여 있었다. 짙은 녹색 껍질에 솜털이 반짝인다. 한숨이 나왔다. 가볍게 차봤지만 꿈쩍도 하지 않는다.

---

* 좁쌀이나 쌀로 만드는 오키나와 특산의 독한 소주.

엄지발가락 굵기만 한 덩굴이 동과에서 불상화 쪽으로 뻗어 있었다. 길게 뻗은 덩굴 끝에 핀 노란 꽃이 창공에 흔들렸다. 눈부실 만큼 화사한 노란 꽃에 도쿠쇼는 눈시울이 뜨거워졌다.

바람 소리

맨 처음 '올라갈 수 있을까?'라고 말을 꺼낸 사람은 신이었다. 그러나 신은 말을 꺼내놓고도 올라가기를 주저했다. 아키라 등 몇몇 친구들 역시 그런 신을 비웃으면서도 누구 하나 먼저 '올라가겠다'고 나서지 못하고 수직으로 깎아지른 절벽을 올려다보았다.

마을 중앙을 가로질러 흐르는 이리가미 강 하구에 면하여 군데군데 함포 자국이 남아 있는 황갈색 바위 절벽이 이어져 있다. 그 한 부분 중턱에 거미불가사리 다리처럼 가느다란 뿌리를 종횡으로 빙 둘러친 용나무가 부채꼴 모양으로 가지를 펼치고 있다. 강렬한 햇빛을 받은 진초록 잎들이 바람 한 점 없는 파란 하늘 속에 더욱 진하게 보인다. 가지에서 늘어진 기근(氣根)이 마을 축제 때 등장하는 사자탈의 털처럼 풍성하게, 절벽 아래 부드러운 부엽토에서 나는 시큼하고 들큰한 냄새에 빨려가듯 은밀하게 자라고 있다. 그 기근을 휘감은 메꽃의 어린 잎들은 햇볕을 쬐며 보글보글 이는 거품처럼 넘쳐나 아키라 일행 앞에 초록 홍수를 쏟아냈다.

아키라는 그 강인한 생명력에 압도당할 것 같은 자신을 추스르면서, 기근과 메꽃의 폭포 옆에 입을 벌리고 있는 직사각형 공간에 눈길을 보냈다.

언제 생겼는지 마을 노인들도 잘 모르는 아주 오래된 풍장터였다. 거기에 시체를 놔두면 새와 게와 갯강구, 그리고 바다에서 불어오는 바람이 백골을 말끔하게 만들어주었다며 노인들은 옛날을 그리워하듯 눈을 가늘게 뜨곤 했다. 아키라는 하얀 모래에 절반쯤 묻힌 눈부신 백골을 머릿속에 그려보았다. 한 번만이라도 좋으니까 자신의 눈으로 직접 그 안을 들여다보고 싶었다.

그러나 지금 풍장터는 무성한 용나무 가지와 메꽃에 가려 거의 보이지 않는다. 태평양 전쟁 전까지는 절벽을 따라 튼튼한 돌계단이 있어서 올라가기가 쉬웠다. 마을 사람 여럿이 관을 짊어지고 가서 저세상으로 떠나는 사람을 내려놓곤 했다. 그랬는데 함포가 돌계단을 파괴하고, 상륙한 미군들이 기지 건설에 쓰려고 돌을 실어가버렸다. 전쟁이 끝난 후 숲이나 계곡에서 마을 사람들이 게처럼 기어 나왔지만 자기 목숨 하나 건사하기도 벅차 돌계단 같은 건 돌아볼 여유가 없었다. 세월이 흐르고 마을 생활은 예전처럼 돌아갔으나 돌계단이 재건되는 일은 없었다.

풍장터는 올라갈 수단을 잃어버린 채 바위틈으로 싹을 틔운 용나무에 점령당해갔다. 그러나 마을 사람들로부터 완전히 잊힌 건 아니었다. 오히려 이전과는 다른 형태로 마을의 소중한 장소가 되었다.

아키라와 친구들은 어두컴컴한 공간에 떠 있는 희뿌연 덩어리를 뚫어지게 쳐다보았다. 두개골은 마치 누군가가 거기에 일부러 그렇게 놔둔 것처럼, 풍장터 입구에 안정적으로 놓여 있었다. 두 개의 어두운 시선이 바다 저 멀리를 바라보고 있었다.

잔잔하던 하구의 수면에 잔물결이 인다. 강을 거슬러 올라가는 작은 물고기 떼를 바람이 앞지르면서 물결이 반짝거린다. 투명한 새들이 날아오르고 목마황(木麻黃)의 보드라운 바늘잎이 살랑거리고 매미 울음소리가 멀리서 들려오는 느긋한 시간 속에, 피리를 부는 듯 구슬픈 소리가 흘러나왔다.

아이들은 숨을 죽이고 허연 덩어리를 바라보았다. 소리는 두개골에서 들려왔다. 누가 먼저랄 것도 없이 "물러가라, 물러가라……" 하고 주문을 외웠다. 구슬픈 소리는 높고 낮게 어두운 절벽 아래 오솔길을 반딧불처럼 헤매다, 귀를 기울이고 있는 아키라 일행의 고막을 통과해 가슴 깊숙이 내려와서 오래 묵은 나무 구멍에 고인 차가운 물에 녹아들었다.

보통 때는 그 소리가 들리기 시작하는 순간 떨리는 가슴을 필사적으로 누르며 발소리를 죽여 뒷걸음질치다가, 그 자리를 벗어나자마자 일제히 비명을 지르며 도망쳤다. 그러나 오늘은 아무도 움직이려 들지 않았다.

숨이 막힐 듯한 분위기를 못 견디고 누군가가 긴 숨을 내쉬었다. 그것이 신호가 되어 한순간 서로의 얼굴을 흘깃 보고는 다시 소리의 진원지로 눈길을 돌렸다. 바다를 건너온 바람이 눈구멍을 통과할 때, 두개골의 공동(空洞)을 울리면서 생기는 소리라고 마을 사람들은 말했다. 하지만 아무도 그것을 확인해본 사람은 없었다. 기가 센 청년들조차 그런 만용은 부리려 들지 않았다.
"저 소리, 확인해볼래?"
아키라는 자신이 내뱉은 말에 깜짝 놀랐다. 모두의 얼굴이 금방 굳어졌다. 친구들 사이에서 리더 격인 이사무는 자기 권위가 흔들리는 게 두려웠는지,
"니가 할 수 있겠나?"
하고 코웃음을 쳤다. 아키라는 겨드랑이에 끼고 있던 커다란 마요네즈 병을 이사무 앞에 내밀었다. 조금 전에 잡은 어른 손바닥만 한 틸라피아가 둥근 유리병에 확대된 눈으로 둘을 번갈아 쳐다봤다.
"내가 이거 저 옆에 두고 와볼까?"
모두는 어이없다는 표정으로 아키라를 보았다.
"그 대신 일주일 후엔 이사무 니가 이 병을 가져와야 한다."
이사무는 순간 얼굴을 찌푸렸지만 아키라와 틸라피아의 쏘는 듯한 눈빛에 고개를 끄덕이지 않을 수 없었다.
"좋아, 그럼 일주일 뒤에 이 틸라피아가 살았는지 죽었는지 내기하자."
친구들의 얼굴을 휘익 둘러본 아키라는 대답할 틈도 주지 않고 절벽 아래로 달려가 메꽃 덩굴을 한 움큼씩 엮어 쥐며 기세 좋게 올라가기 시작했다. 정신을 차린 친구들이 목을 한껏 뒤로 젖히고 돌아오라고 소리치려 했을 때는 이미 급류를 거슬러 올라가는 물고기처럼 전신을 꿈틀거리며 5미터 이상 되는 높이를 오른 뒤였다. 병에서 튄 물

이 올려다보는 친구들의 얼굴을 적셨다.

10미터쯤 올라가자 팔의 힘이 급격히 떨어졌다. 아키라는 아래를 보지 말자고 스스로를 다독이며 넓적다리 사이에 덩굴을 끼워 몸을 지탱한 다음 오른손으로 단번에 몸을 끌어 올리려 했지만 되레 쑥 미끄러져 내렸다. 순간적으로 덩굴을 입에 물어 떨어지는 것을 막았다. 쓴맛이 입안에 퍼지고 풋내 때문에 가슴이 메슥거렸다. 놀란 틸라피아가 상하좌우로 팔딱거려 땀범벅이 된 아키라의 얼굴에 물방울을 튀겼다. 핏기를 잃고 부들부들 떠는 팔 안에서 젖은 병이 점점 무거워지며 물이 가볍게 찰랑거렸다. 두 팔을 다 쓰며 올라가도 힘들 게 뻔한데 왜 자신이 그런 말을 꺼냈는지 알 수가 없었다.

눈을 감고 체내에 흐르는 강의 소리를 들었다. 피가 홍수처럼 격렬하게 흘러 부드러운 혈관을 팽창시킨다. 다만 그 피가 팔로는 흘러오지 않는다. 메꽃 덩굴을 잡고 있던 오른손의 악력이 떨어지고 몸이 떨려 아키라는 '악!' 소리를 질렀다. 돌연 바다 쪽에서 바람이 휙 불어왔다. 바람은 경직된 아키라의 등을 덮치고 머리카락을 곤두세웠다. 메꽃 잎이 뒤집어지고 술렁거리는 소리 속에 그 구슬픈 음(音)이 의외로 가까이에서 들려왔다. 눈을 떠보니 틸라피아의 눈이 아키라를 보고 있었다. 아키라는 온몸에 소름이 돋아 남은 거리를 단숨에 올라갔다.

아키라는 눈으로 흘러들어오는 땀을 닦을 수가 없어 몇 번이나 눈을 깜박거렸다. 어렴풋하던 하얀 덩어리가 이윽고 하나의 형태를 띠기 시작하고, 두 개의 깊은 구멍이 차가운 바람을 내보냈다. 천연의 절벽 동굴을 이용한 풍장터는 옆으로 긴 직사각형 모양의 입구가 반듯하게 깎여 있고 낮은 천장에는 뿌리 꺾인 종유석이 여러 개 남아 있었다. 안쪽으로의 깊이는 1미터 정도밖에 되지 않았고 바닥 전체에 깔린 고운 모래는 잿빛으로 차디차게 변해 있었다.

아키라는 몸속의 열이 그 모래로 빨려들어가 혈액이 파랗게 맑아지는 듯한 신기한 느낌을 받았다. 정신이 아찔해질 정도로 깊게 숨을 내쉬고는, 잿빛 모래 위에 희미한 그림자를 무수히 떨어뜨리고 있는 말라빠진 아왜나무를 보았다. 수십 년 동안 비바람을 맞으며 말끔하게 다듬어진 한 구의 아름다운 백골이 거기 있었다. 반 정도 묻힌 늑골이 모래에 희미한 그림자를 드리웠다. 삭을 대로 삭아 변색된 군복의 잔해가 안쪽에 약간 남아 있고 찌부러진 군화의 밑창만이 원형을 유지하고 있었다.

늑골의 위치로 유해는 엎드린 상태임을 알 수 있었다. 아키라는 뽀얀 두개골로 눈을 돌렸다. 누군가의 손에 옮겨진 듯 본래 있어야 할 장소에서 떨어져, 동굴의 모래가 흘러내리지 않도록 입구에 만들어진 경계석 위에 놓여 있었다.

깊은 눈구멍이 멀리 바다를 바라보고 있다. 악문 이의 광택이 생생하게 아키라를 위협했다. 아키라는 절벽에 몸을 바싹 붙이고 경계석에 팔꿈치를 얹고는, 무릎으로 유리병 아랫부분을 받쳐 올려 아가리에 손을 넣고 병을 잡았다. 팽창된 근육이 금방이라도 '팽' 소리를 내며 끊어질 듯했다. 병을 두개골 옆에 놓기 위해 이를 악물고 팔을 뻗었다. 물은 반으로 줄어 있었지만 수은처럼 무거워 팔이 어깨 관절에서 빠져버릴 것만 같았다.

틸라피아가 병 바닥에서 헐떡거렸다. 벌렸다 닫혔다 하는 아가미 안쪽의 검붉은 핏빛이 초승달 모양으로 나타났다가 사라진다. 몸을 뒤튼 틸라피아의 눈이 확대되며 아키라를 응시했다. 그 눈을 똑바로 볼 수 없어 두개골로 눈길을 돌린 아키라는 문득 두개골의 왼쪽 관자놀이 부근에 새끼손가락이 들어갈 정도의 구멍이 있다는 걸 알아차렸다. 그러나 다음 순간 두개골의 구멍은 틸라피아의 일그러진 눈에 다시 가려졌다.

병 바닥이 딱딱한 돌에 닿는 감촉이 전해졌다. 마비된 손가락을 병 아가리에서 죽을힘을 다해 빼냈다. 다섯 손가락이 다 빠진 줄 알고 팔을 움직이려는데 중지와 엄지가 아직 덜 빠졌다. 기진맥진해진 기력으로 버티며, 핏기를 잃고 감각이 없어진 손가락을 겨우 뺀 순간 그 반동으로 기울어진 병이 두개골에 기대듯이 닿고 멈췄다. 틸라피아의 꼬리가 수면을 치는 바람에 튄 물방울이 두개골을 적셨다. 물방울이 흘러 떨어진 눈구멍에서 날카로운 갈고리 발톱을 가진 다리 하나가 나타나 눈구멍 주변을 바삭바삭 긁는다. 청자색 집게를 가슴 앞으로 모은 게가 몸을 반쯤 드러내고 튀어나온 눈알을 뒤룩거린다. 게는 한 마리가 아니었다. 바위 안쪽에서부터 모습을 드러낸 여러 마리의 게가 보라색, 주홍색의 집게를 올렸다 내렸다 하면서 서서히 아키라 쪽으로 다가왔다. 그중 한 마리가 느닷없이 전속력으로 달려왔다. 반사적으로 경계석에서 멀어지려다가 아키라는 수직으로 늘어져 있던 메꽃 줄기에 둘둘 말리듯이 낙하했다.

친구들은 아키라가 갑자기 손을 놓친 데 놀라서 떨어지는 몸을 받으려고 두 팔을 뻗었다. 아키라의 몸은 가느다란 팔들이 뻗은 한가운데를 뚫고 부드러운 부엽토와 무성한 여름 풀 위로 하늘을 보며 떨어졌다. 활모양으로 휘어서 튕겨 올랐다가 엎어진 채 신음하는 아키라에게 친구들은 손도 대지 못하고 서로 얼굴만 쳐다보았다.
"빨리 병원에 델꼬 가자."
신의 울먹이는 목소리를 듣고 당황하며 얼른 아키라를 일으켜 세우려던 이사무는 뺨따귀를 한 대 맞고 뒤로 물러섰다. 벌떡 일어난 아키라가 공허한 눈빛으로 주변을 둘러보더니 무언가의 기척에 놀란 새처럼 목을 움츠리고 두 팔을 휘두르면서 뛰기 시작했다.
친구들도 바로 그 뒤를 쫓아 달렸다. 무언가 보이지 않는 힘이 주위에 소용돌이치며 발목의 힘줄을 끊어서 끌고 가려는 것 같았다. 무성한 풀잎 끝이 이사무 일행의 깡마른 장딴지를 할퀴었다. 발밑으로 으스스한 웅성거림이 밀려왔다. 이사무 일행은 저마다 귀신을 쫓아버리기 위해 주문을 외치며 이리가미 강 지류에 걸쳐 있는 현수교를 비틀거리면서 달려 빠져나갔다.
"아키라!"
이사무는 큰 소리로 앞에 달려가는 아키라를 불렀다. 그러나 그 그림자는 뒤도 돌아보지 않고 순식간에 멀어져갔다.

완만한 오토바 산의 능선이 앞바다의 파도처럼 술렁이기 시작했다. 며칠 전부터 내린 비가 산 표면에 뒤얽힌 나무뿌리에 침투해, 줄기를 타고 잎맥으로 쫙 퍼져서는 숨 막힐 듯한 숲의 향기를 발산했다. 톡톡 싹을 틔우는 신록으로 산은 하루하루 모습을 달리하며 점차 마을 가까이 다가오는 것처럼 보였다.
점심을 먹은 세이키치는 오랜만에 나온 햇살에 얼굴을 찡그리며 툇마루에서 마당으로 내려섰다. 후쿠기나무가 집 주위를 둘러싸고 있었다. 여름이 되면 연둣빛을 띠는 하얀색의 작은 꽃이 두터운 잎 사이로 빽빽하게 피었다. 향이 강한 열매가 노랗게 익을 무렵이면 열매를 먹으러 온 큰 박쥐 울음소리가 귀청을 때렸다.

세이키치는 남쪽으로 난 문 앞에 서서 철이 들었을 때부터 봐온 오토바 산을 바라보며, 불현듯 전화(戰火) 속에서 어린 여동생을 업고 산으로 올라가던 어머니의 모습을 떠올렸다. 마을에서는 업는 것을 '웃파'라고 했다. 오토바 산은 예로부터 '웃파 산'이라고 불렸는데, 언제부터인가 전시(戰時)에 어린아이나 다리 또는 허리를 못 쓰는 노인네를 '웃파' 하여 올라갔던 데서 그렇게 부르는 거라고들 했다.

한밤중에 잠에서 깬 귀신이 바위 뒤에서 엿듣고 있으니 아무 소리도 내면 안 된다는 위협 때문에, 네 살짜리 여동생은 엄마 등에 얼굴을 파묻고 울고 싶은 걸 꾹 참았다. 세이키치는 여동생을 토닥이며 험한 산길을 몇 시간이고 걸었다. 지금의 아키라보다 두세 살 정도 위였을 때지만 몸집은 훨씬 작았다.

딱 이맘때였다. 등에 피난짐을 진 마을 사람들의 긴 행렬이 숲 속을 헤치며 깊숙이 들어가던 모습이 어제 일처럼 눈에 선하다. 벌써 40년도 더 된 일인데도 기억이 또렷했다. 아니, 오히려 최근 들어서는 잊고 있었던 사소한 일까지 생각나곤 했다. 세이키치는 작업복을 벗고 러닝셔츠 바람으로 처마 밑에 앉아 풀을 벨 낫을 갈기 시작했다.

문득 등 뒤에 인기척이 느껴져 어깨 너머로 돌아봤더니, 남자 둘이 문 입구에 서서 세이키치가 칼 가는 모습을 지켜보고 있었다. 이마에 흐르는 땀을 보니 더운 모양이었다. 반바지 밖으로 드러난, 털도 없이 벌겋게 햇볕에 익은 다리를 보며 본토 사람인가 생각했다.

"죄송합니다. 허락도 없이 들어와서…… 문밖에서 주인장을 불렀습니다만."

이십대 중반쯤 된 젊은 남자가 머리에 둘렀던 하늘색 무명 수건을 풀어 이마와 목의 땀을 닦으면서 고개를 까딱여 인사했다.

세이키치는 마뜩지 않은 듯이 미간을 찌푸리며 젊은 남자는 무시하고 그 옆의 중년 남자를 쳐다보았다. 백발이 섞인 머리와 점잖은 용모가 오십대 중반은 되어 보였다. 처진 눈 밑과 생기를 잃은 눈빛이 많이 피로한 듯했다. 중년 남자는 기회를 놓칠세라 담뱃진으로 거무스름해진 이를 내보이며 미소 짓더니 안주머니에서 명함 한 장을 꺼냈다.

세이키치는 쭈그려 앉은 채로 몸만 기울여 명함을 들여다보았다. 텔레비전 방송국의 이름이 적혀 있었지만 오키나와 방송국은 아니었다. 후지이 야스오라는 이름을 천천히 마음속으로 되뇌면서도 명함은 받지 않았다. 옆에서 좋은 인상을 주려고 겉웃음을 짓던 젊은 남자가 언뜻 질린 표정을 비쳤다. 후지이는 미소를 잃지 않고 명함을 도로 넣었다.

"면장님 소개로 왔습니다."

후지이는 정중하게 머리를 숙이고는 나직이 "덥네요"라고 말했다. 그러고는 손수건으로 땀을 닦으면서 손질이 잘된 마당을 돌아보았다.

"저, 처음 뵙겠습니다. 이즈미라고 합니다."

젊은 남자가 다시 한 번 머리를 숙이며 말을 건넸다. 세이키치는 남자가 내민 명함을 외면하고, 엄지손가락으로 칼날을 쓸어보며 갈린 정도를 확인했다. 이즈미는 후지이와 얼굴을 한 번 마주보고는 명함을 안주머니에 넣더니 조금 떨어진 나무 그늘로 들어갔다.

"실은 오늘 도야마 씨께 여쭙고 싶은 말이 있어서 찾아왔습니다."

후지이의 온화한 어조가 묘하게 세이키치를 압박했다. 두 사람에게 등을 돌린 세이키치는 양은 대야의 물을 숫돌에 끼얹고는 다시 낫을 갈기 시작했다.

"갑자기 찾아와서 대단히 죄송합니다. 실은, 아시다시피 올해도 6월이 다가오고 있어서 여기서도 '전몰자 위령의 날'을 맞아 여러 가지 행사를 준비하고 있겠지만, 저희 텔레비전 방송국에서도 이번 8월 15일 종전기념일에 맞춰 프로그램을 한 편 기획하고 있습니다. 그래서 도야마 씨께 부디 취재에 협력해주십사 부탁드리려고 찾아뵈었어요."

세이키치는 후지이의 유창한 표준어에 압도되는 스스로에게 화가 나서 견딜 수가 없었다. 후지이는 그런 변화는 눈치채지 못한 채 열심히 설명을 이어나갔다.

"이 마을에 구슬피 우는 운가미*라고 하나요? 그런 두개골이 있다면서요?"

세이키치는 칼 갈던 손을 멈추고 몸을 비틀어 햇볕에 그을린 어깨 너머로 후지이의 얼굴을 쳐다보았다.

"실은 저희 프로그램에서 꼭 그 구슬피 운다는 두개골을 방송하고 싶습니다. 전쟁 때의 일들을 잊으려고만 하는 요즘 같은 시대에 전국의 시청자에게 꼭 오키나와 전투 이야기를, 일부분이라도 전하고 싶습니다. 그래서 도야마 씨께서 꼭 협력해주셨으면 합니다만."

후지이의 어조는 온화했지만 열의에 차 있었다.

---

* '머리'를 정중하게 표현한 오키나와 방언.

"그 두개골은 특공대원의 유골이라고 들었습니다만, 가능하다면 유골의 신원을 밝힐 수 있는 실마리도 찾고 싶어요. 방송을 통해 알리면 전국에 있는 관련자들의 제보도 받을 수 있고, 그러면 유골의 한도 풀 수 있지 않을까요?"

"당신 같은 사람이 누구한테 운가미 얘길 들었소?"

세이키치는 우물거리며 물었다.

"아, 그게 말이죠. 오키나와 역사자료관에서 이런저런 자료를 찾고 있을 때 거기서 아르바이트하던 오시로라는 대학생이 이 마을 출신이라고 해서, 그 친구한테 우연히 들었어요."

후지이는 세이키치가 입을 열기 시작한 데 안도하며 한 걸음 더 다가왔다.

"오시로 군네 집도 이 근처라던데 아십니까?"

"알지."

세이키치는 후지이의 발치를 흘낏 보았다.

"어느 정도 가닥이 잡히면 오시로 군에게도 조수 일을 부탁할 생각입니다."

세이키치는 손에 든 낫을 잠시 응시하더니 얼굴을 들어 후지이를 쳐다보았다.

"그 운가미가 특공대의 유골이라는 얘기도 오시로가 하던가?"

"아, 그건 마을 면장이신 이시카와 씨한테 들었어요. 도야마 씨를 찾아뵌 것도 이시카와 씨의 소갠데, 두개골에 관한 얘기라면 도야마 씨가 제일 잘 아신다고 해서."

'빌어먹을 도쿠이치 놈.' 세이키치는 마음속으로 그렇게 중얼거리고는 두 사람을 번갈아 째려보며 말했다.

"안 돼."

"예? 뭐가 말입니까?"

후지이의 눈빛에 당혹감이 스쳤다.

"안 된단 말이다! 그 운가미가 구경거리가? 뭐할라꼬 일부러 방송에까지 내보낸단 말이고?"

"그게 말입니다. 지금 본토에서는 오키나와 전투라고 해도 히메유리 간호병*에 대해서만 좀 알 뿐이지 그 이외에는 아직도 잘 모르는 부분이 많습니다. 그래서 저희는 일본에서 유일하게 지상전을 경험하신 오키나와분들이 전쟁에서 겪은 일을 더 많이 전국에 알리고 싶다는 취지로……"

"알려져봤자 좋을 일도 없소. 그렇게 찍고 싶으면 딴 데 가서 찍든가."

"그 기분은 이해하지만, '구슬피 우는 두개골' 얘기는 꼭 전국에 알릴 가치가 있다고 생각합니다."

"안 된다면 안 되는 줄 알고, 고마 가소."

세이키치는 다 간 낫을 양은 대야 속에 넣었다가 물기를 털고 일어났다.

"그만 갑시다, 후지이 씨. 그렇게까지 무리하게 부탁할 필요는 없

---

* 태평양 전쟁 말기에 종군 간호요원으로 동원되어 전사 또는 자결한 오키나와 사범 여자부(女子部)와 오키나와 현립 제1여자 고등학교의 학생 및 직원을 이르는 말. 제1여자 고등학교의 교지명이 '오토히메(용궁에 사는 선녀)'이고, 두 학교의 배지가 '시라유리(흰 백합)'인 데서 붙여진 명칭.

바람 소리 63

어요. 아까 그 이시카와 씨네 가서 자세히 물어보자고요."

잠자코 듣고만 있던 이즈미가 못 참겠다는 투로 말했다.

"자네, 그런 말투는……"

후지이가 주의를 주려는데 이즈미는 벌써 입구 쪽을 향해 걸어간다. 세이키치는 자기보다 두세 살 많아 보이는 후지이의 미안해하는 얼굴을 바라보다 얼른 눈길을 돌려 낫을 움켜쥐고 뒷마당 쪽으로 걸어갔다.

"오늘은 실례가 많았습니다. 괜찮으시다면 다음에 꼭 얘기해주십시오."

후지이가 깊이 머리를 숙이는 기척을 느꼈지만, 세이키치는 묵묵히 낫의 예리함을 시험해보듯 크로톤* 가지를 쳐냈다. 새끼손가락만큼이나 굵은 가지가 뾰족한 절단면을 보이며 잔디 위에 떨어졌다.

저녁 무렵 밭일을 끝내고 돌아온 세이키치는 나무 문 사이에 꽂혀 있는 명함을 발견했다. 부엌에서 새어나오는 빛으로 후지이의 이름을 확인하자 진흙으로 얼룩진 바지 주머니에 쑤셔 넣고 낫을 기둥에 꽂아 세웠다.

"먼저 씻을랑교?"

아내인 미쓰가 부엌에서 얼굴을 내밀고 말을 걸었다.

"나중에."

세이키치는 무슨 일인지 궁금해하는 미쓰를 뒤로하고, 무더운 공기에 강렬한 체취를 내뿜으며 후쿠기나무 사이를 지나 집 밖으로 나

---

* 대극과의 관엽 식물.

갔다.

"아키라가 아직 학교에서 안 왔는데 보거들랑 빨랑 집으로 가라 카이소."

등 뒤에서 미쓰가 소리쳤지만 세이키치는 못 들은 척 발걸음을 재촉했다.

면장인 이시카와 도쿠이치는 마당에 깔아놓은 비닐 돗자리에 양반다리를 하고 앉아 여러 명의 남자와 아와모리를 주거니 받거니 마시고 있었다.

"오오, 세이키치."

힌푼* 뒤에서 갑자기 나타난 세이키치의 얼굴을 툇마루에 켜진 불빛으로 알아본 도쿠이치는 취기가 돌기 시작한 어조로 친근하게 불렀다. 세이키치는 도쿠이치가 못 들을 정도로 작게 코웃음을 치고 빙 둘러앉은 남자들의 면면을 살펴보았다. 이웃한 두 마을의 면장인 자바나와 이마도마리, 그리고 본토의 사립 대학을 졸업하고 귀향한 지 얼마 안 된 도쿠이치의 아들 후미오가 햇볕에 탄 얼굴을 붉히며 세이키치를 쳐다본다.

"오랜만이네, 세이키치. 자, 같이 한잔하세."

도쿠이치는 세이키치의 냉랭한 눈빛을 눈치채지 못한 듯 자리를 내주며 앉으라고 권했다.

도쿠이치와 세이키치는 초등학교 동급생이었다. 다만 일본군 기지 건설에 노동력이 동원되어 함께 일하러 갔을 때를 빼면 빈농인 세이

---

* 대문이 없는 오키나와 주거양식의 특성상 바깥에서 집 안이 들여다보이지 않도록 돌을 쌓거나 나무를 심어 만든 가리개.

키치는 거의 학교에 못 가고 바다나 밭으로 나간 데 비해, 도쿠이치는 마을에서도 손꼽히는 부농의 아들이라 한 해에 몇 명밖에 못 가는 중학교로 진학했다. 하기야 곧 오키나와 전투가 시작돼 학교고 뭐고 소용도 없게 되었지만. 세이키치는 나이에 비해 체격이 작아서 방위대에 끌려가지 않고 부모와 함께 산속으로 숨어다녔으나 도쿠이치는 철혈근황대원으로 동원된 듯했다. 그러나 자세한 이야기는 들은 적이 없었다.

전쟁이 끝난 뒤 수용소 안에서 재회했을 때, 세이키치는 이 불알친구와 더 이상 나눌 말이 없어졌다는 걸 깨달았다. 그것은 꼭 도쿠이치에게만 국한된 일은 아니었다. 강렬한 사실들이 켜켜이 쌓인 나날을 보낸 뒤로는, 아버지나 어머니에게조차 아무리 많은 말을 쏟아낸다 하더라도 진실은 전할 수 없음을 알게 되었다.

그러나 손바닥만 한 마을에서 파괴된 생활을 복구하기 위해서는 온갖 연줄을 이용하지 않으면 안 되었다. 세이키치는 아버지와 함께 도쿠이치네 일을 거들어주고 얼마 안 되는 물자를 얻었다.

말다툼이 벌어질 건 뻔했다. 세이키치는 깨나른한 피로감에 휩싸였다. 마음 한구석이 식어가며 분노가 뚜렷한 형태를 띠지 않았다.

돌연 왼쪽 관자놀이에서 오른쪽 귀 뒤로 격심한 통증과 함께 새된 소리가 스쳐갔다. 세이키치는 엄지와 약지로 옆머리 부분을 누르면서 웅크리고 앉아 통증을 견뎠다.

"괜찮나? 세이키치."

축축한 손이 어깨를 잡았다. 세이키치는 그 손을 뿌리치고 비틀거리면서 일어났다. 통증은 금방 잦아들었다. 가끔씩 엄습하는 발작 같은 것이었다.

"도쿠이치, 니가 후지이인가 뭔가 하는 본토 사람한테 운가미 얘기 했다매?"

"그래, 오늘 아침에 물어물어 찾아왔다 카길래 얘기했는데, 그게 와?"

"티브이로 방송한다 카는 거, 진짜가?"

"진짜지, 우리한테도 여러 가지로 협력해달라고 부탁해서, 그 운가 미에 대해서 제일 알고 있는 기 니라는 것도 얘기해뒀는데, 안 좋나?"

"뭐가 좋노, 쓸데없는 짓이나 하고."

"뭐라꼬?"

도쿠이치는 그제야 평소의 조용하던 세이키치와는 다르다는 걸 느끼고 술기운이 도는 눈을 고정시켰다.

"누구 허락받고 티브이에 나와도 좋다 캤노?"

"허락받은 일은 없지만, 뭐꼬, 니 허락이라도 받아야 한단 말이 가?"

도쿠이치는 불쾌한 듯이 말했다.

"그 운가미는 건드리면 안 된다는 것쯤 마을 사람이면 누구나 아는 일 아이가?"

"아무도 안 건드린다카이. 방송으로 찍는 것뿐이라카이."

"그기 그거 아이가."

"뭐가?"

도쿠이치는 들고 있던 컵의 술을 마당에 휙 뿌리더니 일어나 비틀 거리는 몸을 옆의 힌푼에 기댔다.

"도쿠이치, 참그라. 세이키치 니 와 기분 나쁘게 말하노?"

두 사람이 티격태격하는 모습을 지켜보던 자바나가 도쿠이치의 바지를 잡아당기며 달래듯이 말했다.

"고마해라, 세이키치. 도쿠이치도 마을을 위하는 생각에서 방송국 사람들한테 이야기한 기다."

이마도마리가 곤혹스러운 표정을 지으며 어쨌든 앉으라고 세이키치를 재촉했다.

"뭐가 마을을 위하는 기고?"

세이키치는 빙 둘러앉아 있는 사람들의 얼굴을 하나하나 노려보았다.

"실은 말이다, 세이키치. 이번 티브이 방송은 전국에 방영된다 카드라. 전국이다 전국. 마을 선전에 안 좋겠나?"

이마도마리는 진지한 표정으로 말했다.

"여태까지 나하에서 멀다꼬 관광객들이 우리 마을까지 거의 안 왔지만도, 전국에 방영돼서 유명해지마 본토에서도 관광객이 많이 올 거 아이가? 마을의 장래를 생각하믄 농사만으로는 안 되니까 이제부터는 관광에도 힘을 쏟지 않으면 안 되는 기라. 그럴라 카믄 이번 방송이 안 중요히겠나?"

"한심한 놈들."

세이키치는 일부러 침을 탁 뱉었다.

"뭐가 마을을 위해서고. 전쟁에서 죽은 사람 유골 이용해가 돈 벌 생각이지."

"그건 좀 말이 심하시네요, 아저씨."

붉으락푸르락한 얼굴로 달려드는 도쿠이치의 팔을 잡고 그의 아들 후미오가 중재에 나섰다.
"이번 이야기는 돈을 벌기 위해서가 아니라 전국에 오키나와 전투를 알리기 위해서 시작된 거예요. 저도 본토에 가서 처음 안 일이지만 저쪽에선 오키나와 전투 같은 건 전혀 모른다고 해도 과언이 아니에요. 대학 친구들에게 그 운가미 이야기를 해도 일종의 감상적인 전설로밖에 안 받아들이죠. 좀 더 많이 오키나와 전투에 대해 알릴 필요가 있다고요."
"그래 주가 올려가꼬 선거라도 나갈 작정이가?"
세이키치는 빈정거리며 입술을 실그러뜨렸다. 네 사람은 대꾸할 말을 잃고 세이키치를 노려보았다.
"어쨌든 나는 절대 반대다."
힌푼에 기댄 채 씩씩거리며 술 냄새를 풍기고 있는 도쿠이치에게 세이키치는 위압적으로 말했다. 네 사람은 입을 꾹 다물어버렸다. 세이키치는 마지막으로 다시 한 번 그들 하나하나의 눈을 쏘아보고 발길을 돌려 문 쪽으로 걸어갔다.
"저런 썩을놈이."
컵에 아와모리를 따라 단숨에 들이킨 도쿠이치는 어깨가 들썩일 정도로 씩씩거리며 앉더니 돗자리를 주먹으로 내리쳤다.
"은혜도 모르는 놈 같으니라고."
"서두르지 않으면 안 되것다."
"세이키치니까 무슨 짓을 할지 모른데이. 늙은이들 들쑤셔서 벌 받는다꼬 떠들고 다니믄 귀찮아진다. 후지이라 그랬나, 빨리 그 사람들이랑 얘길 매듭지어야겠다."
 도쿠이치는 맞장구를 치고 집 안쪽을 향해 술을 더 가져오라고 소리쳤다.

 "골치 아프게 됐네." 도쿠이치 집에서 나온 세이키치는 이리가미 강 하류로 이어진 신작로를 천천히 걸어가면서 중얼거렸다.
 지금까지 구슬피 우는 운가미를 외부에 알리자고 적극적으로 나선 사람은 아무도 없었다. 살아남은 자들이 전사자들에게 미안한 마음을 가지고 있어 함부로 입에 담기를 꺼린 데다가, 무엇보다도 그 구슬픈 소리를 듣고 있으면 누구라도 범접할 수 없는 경외심이 우러나기 때문이었다. 손가락으로 풍장터를 가리키는 일조차 불행이 닥칠 수 있다고 금기시하면서 바다를 바라보고 있는 그 운가미를 쳐다보지 않는 사람까지 있었다. 운가미를 구경거리로 삼으려 하다니 처음 있는 일이었다.
 길 양쪽으로 우거진 숲이 서로를 반기듯이 가지를 뻗어 아스팔트 위에 들쑥날쑥한 그림자를 만들었다. 사마귀에게 잡아먹히는지 머리 위에서 정적을 깨는 매미 소리가 들린다. 걸음을 멈추고 올려다보니 달빛으로 환한 하늘에 큰 박쥐 두 마리가 검은 깃발을 휘두르듯이 빙빙 돌고 있다. 매미 소리는 사라지고 날갯소리가 둔탁하게 하늘을 친다.
 땀에 절은 노곤한 몸이 급속도로 식어갔다. 끊어진 가드레일 사이로 난 오솔길이 하구 쪽으로 뻗어 있었다. 하얀 석회질 땅이 환하게 드러난 길을 반딧불 한 마리가 도깨비불처럼 배회했다. 세이키치는 그 반딧불에 이끌려 가듯 발걸음을 옮겼다.

엄청난 수의 반딧불이 용나무 기근에 무리지어 있다가 메꽃 잎으로 흘러 떨어진다. 절벽 중턱에서 소리 없이 흘러 떨어지던 반딧불 떼는 땅에 닿으려는 순간 두둥실 떠올라 또다시 용나무 기근 주변으로 돌아갔다.

세이키치는 무수한 빛을 받아 푸르스름하게 드러난 운가미를 쳐다보았다. 이렇게 혼자 이 절벽 밑에 서보는 게 몇 년 만일까? 처음 그 흐느끼는 소리를 들었을 때의 공포가 아직도 잊히지 않는다. 여기까지 오는 일은 좀처럼 없었으므로 실제로 들은 건 거의 몇 번 되지 않았다. 그렇지만 한번 몸속 깊숙이 파고든 그 소리는 뜻하지 않은 때 되살아나 이대로 미치는 건 아닐까 하는 공포로 세이키치를 몰아넣곤 했다.

구슬피 우는 운가미를 비추는 반딧불의 푸른 빛의 흐름을 보고 있자니, 그 소리가 희미하게 들리는 듯한 기분이었다. 세이키치는 눈을 감고 처음 이 풍장터에 왔을 때를 떠올렸다.

세이키치는 진흙에 발이 묶여 비틀거리면서 이리가미 강 하구에 빽빽하게 난 맹그로브* 사이를 급히 걸어가고 있었다. 앞서 가던 아버지 요시아키가 목소리를 억누르며 자꾸만 뒤처지는 세이키치를 나무랐다. 반들거리는 히루기나무의 타원형 잎 사이로 흐르는 달빛이 비릿한 진흙 표면에 반사되고, 작은 탑처럼 꼿꼿이 솟은 히루기 열매들은

---

* 아열대의 습지에서 자라는 관목이나 교목을 통틀어 이르는 말.

으스스한 그림자를 만들었다. 발밑에서 올라오는 메스꺼운 가스 냄새를 참으며 세이키치는 등에 진 가마니를 까불러 올렸다.
 미군이 상륙한 지 한 달이 지나자 식량은 거의 바닥이 났다. 마을 사람들은 낮의 함포 사격이 그치면 동굴에서 나와 얼마 안 되는 고구마나 사탕수수를 날라다 허기를 달랬다. 밤의 어둠을 뚫고 해안 근처에 있는 콧구멍만 한 밭에서 엄지손가락 크기밖에 안 되는 고구마를 허겁지겁 캐낸 요시아키와 세이키치는 돌아가는 길을 서둘렀다. 날이 밝기 전까지 산속 동굴에서 기다리는 어머니와 동생들 곁으로 갈 수 있을지 불안했다.
 세이키치는 묵묵히 속도를 내며 걷는 아버지 뒤를 필사적으로 따라갔다. 무릎까지 빠지는 부드러운 진흙이 썩어 문드러진 시체의 손처럼 다리를 붙잡고 좀처럼 놔주질 않는다. 앞으로 고꾸라지는 바람에 코끝에 화약 연기처럼 시큼한 진흙 냄새를 맡은 세이키치는 자기도 모르게 '으악' 소리를 지르고 민망한 얼굴로 아버지를 쳐다보았다.
 아버지가 서두르던 발길을 멈추더니 꼼짝 않고 뭔가를 뚫어져라 바라보고 있었다. 세이키치는 아버지의 눈이 쏠리지 않은 데 안심하며 진흙 맛이 나는 침을 모아 뱉고 숨을 골랐다. 아버지는 고개만 돌려 주변을 살폈다.
 '아버지' 하고 부르려다 문득 부근에 적이 있을지도 모른다는 생각에 목구멍까지 올라왔던 소리를 삼켰다. 방아쇠에 손가락을 걸고 맹그로브 뒤에 숨어 있는 적병의 숨소리가 들려오는 듯했다. 도망치고 싶은 생각을 참으며 한쪽 발에 체중을 실은 부자연스러운 자세로 눈만 움직였다. 물 위로 올라온 히루기나무의 기근 사이를 흐르는 물소리가 점점 커진다. 흔들리는 빛과 그림자가 적병의 움직임으로 보이고, 당장이라도 줄기와 가지가 엇갈린 틈새에서 섬광이 날아올 것만 같았다. 세이키치는 살며시 허리를 낮춰 언제라도 도망갈 태세를 갖췄다.

이윽고 아버지의 손이 조심스럽게 움직였다. 그게 자신을 부르는 신호임을 알기까지는 시간이 조금 걸렸다. 세이키치는 발을 빼내 아버지 곁으로 가서 그 시선 끝에 있는 검은 물체를 보았다.

만조 때 표착(漂着)한 것일까? 히루기 사이를 누비며 흐르는 물 위에 젊은 병사의 시체 하나가 엎어져 있었다. 입고 있는 군복이 특공대원임을 말해주었다.

"이거 받아라."

아버지가 느닷없이 세이키치의 어깨에 가마니를 얹었다.

아버지는 시체 쪽으로 다가가 잠시 쭈그리고 앉아서 상태를 살펴보더니 밑으로 팔을 넣어 시체의 상반신을 일으켰다. 그런 다음 두 팔을 자신의 어깨 뒤에서 가슴 쪽으로 팔을 돌려 잡아 진흙 속에서 빼내듯이 시체를 들쳐 업었다.

세이키치는 달빛에 비친 나무 그림자가 어른거리는 아버지의 얼굴을 놀란 눈으로 바라보았다. 아버지는 진흙 속에 빠져드는 몸을 좌우로 흔들면서 걸어갔다. 키 작은 아버지의 몸에서 삐져나온 시체의 군화 끝이 진흙 위에 뱀 두 마리가 기어가는 모양을 만들었다. 세이키치는 기이한 흥분을 느끼면서 아버지를 뒤따랐다.

마침내 맹그로브 숲을 빠져나와 깎아지른 절벽 밑까지 가니, 강을 따라서 마을과 바다를 연결하는 좁은 오솔길이 나왔다. 길 양쪽에는 무성하게 자란 풀 사이로 수많은 게들이 사각거리며 움직였고, 불현듯 나타나는 반딧불이 조명탄의 빛을 연상시켰다. 나무 그림자가 끊어질 때마다 두 사람의 몸뚱이가 달빛에 드러났다.
　상체를 수그리고 걷던 세이키치는 허리와 등이 아픈 것을 참으며 점점 커지는 불안에 시달렸다. 이렇게 달빛 아래를 걷는 행동은 위험천만한 일이었다. 게다가 이제부터 죽어라고 속력을 낸다 해도 날이 밝기 전까지 동굴로 돌아갈 수 있을지는 의문이었다. 게들이 이파리를 스치는 소리를 들으면서 묵묵히 걸어가는 아버지 등의 시체와 동쪽 하늘을 번갈아 보던 세이키치는 푸르스름한 빛을 띠기 시작한 하늘 색이 착각이길 바랐다.
　이윽고 아버지가 발길을 멈춘 곳은 청회색의 얇은 장막 저편으로 미국 함선이 어렴풋이 보이는 하구의 탁 트인 장소였다. 세이키치는 금방이라도 기관총 세례를 받을 것만 같아 몸이 움츠러들었다. 그런데 평소에는 겁쟁이라는 말을 들을 정도로 신중한 아버지가, 지금은 마치 '미군은 밤눈이 어둡다'는 우리 편 군대의 말을 믿기라도 하는 양 대범하게 몸을 드러내고 절벽 위를 쳐다보고 있었다.
　절벽에 만들어진 돌계단으로 무거운 듯 시체를 끌고 올라가기 시작한 아버지를 보고서야 세이키치는 겨우 아버지의 의중을 깨달았다. 마을의 오래된 풍장터로 시체를 옮기려는 것이다. 세이키치는 불안한 발놀림으로 사력을 다해 올라가는 아버지의 모습에 감동하여, 짊어지고 있던 가마니를 내려놓고 후딱 돌계단을 뛰어올라 시체의 두 다리를 잡았다. 세이키치는 양손에 느껴지는 다리의 무게에 놀랐다. 딱딱한 군화와 비행복이 바닷물과 진흙을 빨아들여 마치 땅 밑에서 보이지 않는 손이 시체를 잡아당기는 듯했다. 왜 마을 사람들이 시체를 높은 절벽 위에 두는지 알 것 같았다.

높이는 30미터 정도 될까. 맨 위의 돌계단은 반 평 정도의 발판으로 되어 있었다. 세이키치는 아버지가 걸음을 멈추자 들고 있던 다리를 내려놓았다. 지금까지 본 적이 없는 전망이 눈앞에 펼쳐졌다. 강 한가운데 있는 삼각주와 강의 양쪽 기슭을 맹그로브가 까맣게 둘러싸고 있고, 두 갈래로 갈라졌던 강이 하구 부분에서 하나가 되어 작은 굽이를 만들어 바다로 흘러들어갔다. 하늘은 아무것도 감출 수 없을 정도로 밝아져 있었다. 적들의 눈에 적나라하게 드러났다고 생각하자 세이키치는 무릎이 떨렸다.

아버지는 바다나 강 쪽에는 눈길도 주지 않고 풍장터 내부를 가만히 응시했다. 경계석 안쪽으로 깔린 하얀 모래는 차가웠고 그야말로 청결했다. 아버지는 업고 있던 시체를 그 모래 위에 내려놓고 진흙투성이 군복을 벗기기 시작했다. 세이키치는 어리둥절한 채 아버지의 손놀림을 지켜보았다. 팬티까지 벗기자 아버지는 기모노 품속에서 꺼낸 손수건으로 정성스레 시체를 닦고 깨끗한 모래를 전신에 묻혔다. 기이하리만치 하얗고 젊디젊은 육체는 아침 냉기에 감싸여 인광을 발산하는 듯이 보였다. 아마도 어제 있었던 공격 때문에 적함으로 돌진하지 못하고 해상에 불시착한 것이리라. 아직 스무 살도 안 돼 보이는 젊은 병사의 몸에는 상처다운 상처도 없고 부패도 진행되지 않았다. 마르기는 했어도 부드러운 선을 잃지 않은 육체의 한가운데 있는 풍성한 음모가 세이키치의 눈길을 끌었다. 아버지 등 뒤에서 살그머니 시체의 얼굴을 들여다보았다.

죽은 사람의 얼굴은 아름다웠다. 그때까지 봤던 시체가 거의 부패해 부풀고 짓무른 데서는 악취를 내뿜는 진물이 흐르며 구더기가 꾀었던 데 비해, 이런 얼굴도 있나 싶을 만큼 기이하게도 표정이 온화했다. 그러나 그런 모습이 도리어 오싹하니 싫었다. 당장이라도 머리를 쳐들고 세이키치를 똑바로 쳐다보며 손을 뻗을 것만 같았다.

아버지는 시체 귓바퀴의 작은 굴곡과 눈꺼풀 안쪽까지 세심하게 진흙을 닦아낸 후 머리를 모래 위에 살며시 내려놓았다. 그때 세이키치는 젊은 병사의 왼쪽 관자놀이에 총탄이 관통한 자국을 보았다.

"아부지."

나직이 아버지를 부른 세이키치는 번민에 찬 아버지의 표정을 보고 놀랐다. 두 손을 합장하고 꿇어앉아 들릴 듯 말 듯 기도하는 아버지는 눈물을 흘리고 있었다. 모래 위에 바로 누워 있는 젊은 병사는 본토 일본인임에 틀림없었다. 아버지가 왜 우는지도 모른 채 당황한 세이키치는 젊은 병사에게로 시선을 돌렸다. 다리에서부터 머리까지 서서히 눈을 옮겨가다 경계석 사이에 반들반들하고 까만 광택이 나는 물건이 삐죽 튀어나온 걸 보고 가슴이 요동쳤다. 저도 모르게 손을 뻗치려는 순간 아버지가 일어나는 바람에, 세이키치는 얼른 손에 난 땀을 허벅지에 닦는 시늉을 하며 아무 일도 없는 척했다.

"가자."

아버지는 젊은 병사의 시체에 묵념을 하고 총총히 돌계단을 내려가기 시작했다. 이미 수평선에서 퍼지기 시작한 빛은 푸르스름한 하늘을 금빛으로 바꿔놓고 섬 위에 떠 있는 별도 얼마 남지 않았다. 세이키치는 삐죽 튀어나온 그것을 어떻게 할까 망설이다, 돌아본 아버지의 눈초리가 매서워 단념하고 돌계단을 뛰어내려갔다.

두 사람은 바다에서 날아오른 은색으로 빛나는 점이 엄청난 속도로 접근하는 걸 온몸으로 느끼면서, 죽을힘을 다해 산을 향해 뛰었다. 얼마 못 가서 함포 사격이 시작되었다. 상공을 질주하는 그러면 군용기의 폭음이 내장을 뒤흔들었다. 두 사람은 불타다 남은 나무들 사이를 요리조리 피해가면서 산으로 올라갔다.

세이키치는 등 뒤에서 작렬하는 함포의 폭풍을 맞고 몸이 튕겨나가, 급경사진 동굴 속으로 거꾸로 떨어졌다. 안쪽에서 엉금엉금 기어 온 어머니가 놀라서 세이키치를 얼른 끌어안았다. 부축을 받으며 일어난 세이키치는 가슴 부근이 뜨뜻미지근하고 끈적끈적한 것으로 젖어 있는 느낌에 저도 모르게 비명을 질렀다. 곧 그게 피가 아니라 바위틈에 고여 있던 흙탕물임을 깨닫고는 온몸의 힘이 쭉 빠져 주저앉은 채 움직이지도 못했다.

"여보, 여보."

세이키치에게 상처가 없는 것을 확인한 어머니는 아버지를 찾으러 입구 쪽으로 갔다. 아버지는 입구 근처 바위 밑에서 깨진 무릎을 끌어안고 신음하고 있었다. 어머니는 '아이구' 소리와 함께 오비[*]를 풀어 아버지의 다리를 묶었다. 피는 좀처럼 멈추지 않았고, 하얗게 드러난 무릎뼈가 번들거렸다. 어머니와 세이키치는 양쪽에서 아버지를 부축하며 동굴 안쪽으로 들어갔다.

아버지의 고통스러운 신음 소리가 어둠 속에서 간간이 들려왔다.

---

[*] 기모노의 앞섶이 벌어지는 걸 막기 위해 두르는 띠.

바로 조금 전까지 훌쩍거리던 어린 여동생의 새근거리는 숨소리를 목덜미에 느끼면서, 세이키치는 오늘 아침에 캐 온 고구마도 앞으로 이틀밖에 못 가리라 생각했다. 포탄 폭풍으로 나가떨어지면서 가마니째 태반이나 잃어버린 것이다.

이 주변도 방공호의 위치가 추적되었는지 포격이 나날이 심해졌다. 좀 더 산속으로 들어가지 않으면 안 된다. 그러나 그러려면 지금 식량을 더 많이 비축해두어야 한다.

"어무이."

"와?"

바싹 붙어 있는 두 개의 그림자에서 대답이 들려왔다. 어둠 속에서는 누가 아버지이고 누가 어머니인지 분간이 안 됐다.

"계속 여기 있을 수는 없을 끼구마. 좀 더 숲 속으로 들어가야 안 되겠나."

"그러키는 한데, 아부지가 다쳐서 못 걷는다 아이가."

"얼른 동굴을 안 옮기면 모두 죽을 끼라. 아버지는 내가 업고 가면 된다."

어머니는 아무 대답도 하지 않았다.

세이키치는 머리맡에 있는 바윗장 위를 더듬어 대나무 바구니와 항아리 사이에서 보자기로 싼 꾸러미를 찾았다. 빠른 손놀림으로 풀자 위패가 나왔다. 그 위패를 바위 위에 놓고 합장한 뒤 세이키치는 보자기를 허리에 두르고 일어났다.

"야야, 어디 가노?"

"고구마 캐 올라꼬."

놀란 어머니가 붙잡으려 했지만 세이키치는 그 손길에서 빠져나와 동굴 밖 캄캄한 산길을 뛰어내려갔다.

바다 근처 밭은 메말라 있었고 돌도 많았다. 나무 파편만으로는 파기가 어려워 맨손으로 흙을 파다가 손톱이 깨졌다. 아파도 신음할 여유조차 없었다. 겨우 파낸 고구마 몇 개를 보자기에 싸서 허리에 묶고 서둘러 돌아갔다.

맹그로브 사이를 빠져나온 달빛이 진흙 위에 춤추는 빛 무늬를 만들었다. 아까부터 뭔가에 계속 쫓기는 듯한 느낌이 든다. 세이키치는 뒤돌아보지 않고 필사적으로 뛰었다. 이윽고 그런 느낌이 휙 사라졌다. 두 손을 무릎에 짚고, 헉헉대던 호흡을 가라앉힌 다음 얼굴을 들자, 눈앞에 하얗게 빛나는 두개골이 걸어가고 있었다. 저도 모르게 뒤로 물러나려다가 엉덩방아를 찧고, 터져 나오려던 비명을 삼켰다. 어린아이 두개골만큼이나 크고 흰 소라를 업은 소라게였다. 세이키치는 눈앞을 천천히 횡단하는 소라게를 숨죽인 채 지켜보았다.

간신히 맹그로브 숲을 벗어났을 때는 동쪽 하늘이 훤히 밝아 있었다. 나무 뒤로 몸을 숨기면서 강가 조붓한 길을 뛰던 세이키치는, 산으로 들어가는 길 어귀에 이르자 풀숲에 쭈그리고 앉았다. 이슬 내린 풀잎에서 풋풋한 풀 냄새가 났다. 죽은 특공대원의 몸이 생생하게 떠오른다. 초등학교를 졸업하기 전까지만 해도 친구들은 하나같이 전투기 타는 것을 동경했다. 누군가가 외경심을 담아 항공대(航空隊)라는 말을 속삭이면 모두가 숨죽이고 비행복 차림을 한 자신의 모습을 상상했다.

세이키치는 젊은 병사의 시체에 상처가 하나도 없는 건 그가 천재적으로 전투기를 조종했기 때문이라고 생각했다. 하얀 모래 위에 눕혀진 그 몸을 다시 한 번 보고 싶었다. 그리고 한 가지 더 세이키치를 강하게 끌어당기는 게 있었다.

그것은 경계석 사이에 삐죽 튀어나와 있던 까만색 물건이었다.

작년 봄, 도쿠이치는 중학교 입학 선물로 받았다며 친구들 앞에서 만년필을 자랑했다. 세이키치는 친구들에게 둘러싸여 종이 위에다 삐뚤빼뚤 글자를 써내려가는 도쿠이치의 손에서 만년필을 빼앗아 바다에 내동댕이치고 싶은 충동을 억누르는 한편, 선망에 사로잡힌 자신이 비참해서 견딜 수가 없었다.

아버지의 눈길을 의식하면서 아주 잠깐 봤을 뿐이지만, 세이키치는 삐죽 튀어나온 그 물건이 까만색 고급 만년필이라는 걸 믿어 의심치 않았다. 만년필을 가지고 싶다는 충동이 위험을 무릅쓰면서까지 여기 온 진짜 이유일지도 몰랐다.

결단을 내리지 못한 채 그냥저냥 쭈그리고 앉아 있던 세이키치는, 소변이 마려워져 가지를 뻗치고 있는 근처 용나무 아래로 가서 소변을 보았다. 갑자기 둔탁한 날갯소리와 함께 검은 헝겊 조각이 얼굴을 때렸다. 큰 박쥐 한 마리가 세이키치의 얼굴을 날개로 후려치고는 푸른빛을 띠기 시작한 하늘로 사라져갔다. '쳇' 혀를 차고 박쥐의 모습을 눈으로 좇던 세이키치는, 젖은 손을 수염 같은 기근에 닦고 무심코 용나무 밑동을 내려다보다 멈칫했다. 입구의 돌이 떨어져나가 내부가 훤히 드러난 무덤이 기근 뒤로 보였다. 즈시 항아리*에서 삐져나온 대

---

* 풍장 후에 남은 유골을 담아 보관하는 항아리.

뇌골과 두개골이 어둠 속에 희끄무레하게 떠 있었다. 문득 누군가가 부르는 느낌이 들었다. 세이키치는 풀 속에 보자기를 감추고 하구 쪽으로 달려갔다.

동이 트기 시작한 하늘에서 맥 빠진 하얀 달이 지고 있었다. 세이키치는 돌계단 맨 위에 배를 깔고 엎드려 앞바다의 상황을 살폈다. 염소 눈과 같은 색의 수많은 눈이, 고성능 망원경으로 자신의 손가락 끝 미세한 움직임까지 관찰하는 듯해 움직일 수가 없었다. 무더운 하루를 예감하게 하며 하늘이 점점 푸르러갔다. 세이키치는 뺨을 돌계단에 딱 붙인 채 왼손을 뻗어 경계석 사이를 더듬었다.

손가락 끝에 매끈한 감촉이 느껴졌다. 세심하게 주의를 기울이며 떨리는 손가락으로 그것을 잡아 조심스레 눈앞으로 가져왔다. 한눈에도 고급스러워 보이는 만년필이었다. 고동치는 가슴을 차가운 계단 돌에 찰싹 붙이고 만년필을 살살 쓰다듬던 세이키치는 얇은 선이 새겨진 뚜껑에 눈이 갔다. 희미한 새벽빛에 비추어 보니 글자 같았지만 뭐라고 쓰여 있는지는 알 수 없었다. 젊은 병사의 이름일지도 모른다. 그런 생각이 들자 바로 위에 누워 있는 그 몸을 다시 한 번 보고 싶은 충동에 사로잡혔다. 세이키치는 만년필을 바지 주머니에 넣고 살며시 머리를 들었다. 당장이라도 바다 저편에서 발사된 총탄이 관자놀이를 꿰뚫을 것 같은 느낌이 들어, 바위벽에 몸을 찰싹 붙인 채 상체만 서서히 일으켜 경계석에 코를 살짝 대고 넓은 구멍 속을 들여다보았다.

처음에 세이키치는 자신의 눈이 이상해졌나 의심했다. 모래 위에 젊은 병사의 몸은 온데간데없고 대신 뭔가 희미하지만 까맣고 커다란 덩어리가 있었다. 세이키치는 곧 그 기름하게 부풀어 오른 검은 덩어리가 사각사각 메마른 소리를 내며 사부작사부작 움직이고 있다는 걸 깨달았다. 어두컴컴한 공간에 짙은 그림자를 떨어뜨리는 그 물체를 뚫어져라 보던 세이키치는 다음 순간 딱딱한 새 발톱 같은 것에 목이 잡혔다. 휘둥그레진 눈에 부풀어 오르는 거품처럼 꿈틀거리는 무수한 생명체가 들어왔다. 까만 물체로 보였던 건 젊은 병사의 시체 위에서 우글거리는 게 떼였다. 미끈미끈하게 젖은 등껍질과 털이 있는 딱딱한 다리가 스치며 나는 소리가 젊은 병사의 살을 갉아먹는 소리로 들렸다. 게 여러 마리가 모래 위로 미끄러져 내리더니 안쪽으로 사라져 갔다. 그와 동시에 다른 게들이 나타나 무리에 합류했다. 젊은 병사의 몸을 남김없이 뒤덮은 게들은 몇 겹으로 겹쳐져 다리가 뒤엉키며, 쉴 새 없이 두툼한 집게를 치켜들고 흔들어댔다.

  물결 하나가 무리의 밑에서부터 올라오더니, 구불구불 낮게 일렁이며 손톱 끝에서 머리 쪽으로 전진해갔다. 게의 움직임이 바빠졌다고 생각할 겨를도 없이 게 무리는 세이키치 쪽으로 무너져 내리고 눈앞에 젊은 병사의 얼굴이 드러났다. 어디가 눈이고 어디가 코인지 분간할 수 없는 검은 잔해였다. 짙은 어둠을 만들고 있는 구강(口腔)이 누군가를 부르듯이 움직였다. 돌계단에 허리를 댄 채 세이키치는 젊은 병사의 목에서 새어나오는 갈라진 소리를 들었다. 기다시피 돌계단을 내려가 미군의 존재도 망각한 채 비명을 지르며 강가 오솔길을 줄달음쳤다.

  세이키치는 절벽 아래 서서 강을 따라 뻗은 오솔길 저편을 바라보았다. 등으로 미끈거리는 손가락의 감촉이 느껴지고, 비명을 지르며 달려가는 자신의 작은 뒷모습이 보이는 듯했다. 돌계단을 오르는 입구 어귀 풀숲에 서서, 세이키치는 머리 위를 올려다보았다. 가지를 뻗은 용나무 기근에 반쯤 가려진 풍장터가 입을 벌리고 있다. 관 형태의 어둠 속에서 푸르스름한 덩어리가 공허한 눈을 뜨고 자신을 바라본다. 집중해서 보니 운가미 옆에 뭔가 반투명한 물체가 하나 그림자처럼 나란히 있었다.

  바다에서 불어온 바람이 땀에 젖은 등을 타고 올라와 목덜미를 쓰다듬고 메꽃 잎 무리를 진저리치게 했다. 세이키치는 긴장하며 기다렸다. 그러나 구슬픈 소리는 들리지 않았다. 밤에는 바다에서 바람이 불어오는 일이 적기 때문에 소리가 들리는 일도 적지만, 지금 정도 바람 세기라면 충분히 들릴 만했다.

  자세를 바꾸고 운가미 옆에 있는 반투명 물체의 정체를 확인하려고 했을 때 등 뒤에서 인기척이 났다.

  "누고?"

  세이키치는 강가 목마황 뒤에 숨은 그림자에게 말을 걸었다.

  "죄송합니다. 딱히 숨을 생각은 없었습니다만."

  긴 막대로 풀숲을 여기저기 두드리면서 한 남자가 달빛에 모습을 드러냈다. 세이키치는 경계하면서 남자를 쳐다보았다. 낮에 찾아왔던 후지이였다.

  "뭐하노? 여기서."

  세이키치는 누군가가 자신의 행동을 엿보고 있었다는 사실에 화가 나는 한편, 부끄러워서 귀가 달아오르는 걸 느끼며 힘주어 말했다.

  "아니, 저, 하다못해 한 번만이라도 구슬피 우는 두개골이라는 걸

제 눈으로 보고 싶어서 말이죠."

후지이는 반시뱀을 쫓기 위해 가져온 막대기를 만지작거리면서 사람 좋아 보이는 미소를 지었다. 그 미소 띤 얼굴이 세이키치를 더욱 짜증나게 했다.

"사전 조사 하는 기가?"

"그런 게 아니라."

후지이는 막대기를 버리고 세이키치에게 다가오려고 했다.

"가까이 오지 마래이."

격한 어조에 우뚝 멈춰 섰다.

"도야마 씨께 꼭 물어보고 싶은 게 있습니다. 저 두개골이 특공대원이라는 얘기 말인데요……"

"뭐라꼬, 더는 듣고 싶지 않다. 여긴 느그들 본토인이 올 데가 아이다. 맞아 죽기 전에 어서 가라."

두 사람은 약간의 거리를 두고 서로 바라보았다. 당황한 표정의 후지이가 강 쪽으로 시선을 돌리는 걸 보면서 세이키치는 목덜미의 땀을 손바닥으로 닦았다. 자기 말을 무시하고 계속 취재를 진행하겠다면 낫으로 위협하는 시늉이라도 할 작정이었다.

대낮의 열기로 달아오른 바다와 숲은 밤이 되어도 수증기를 발산했기 때문에 서 있기만 해도 무더워서 땀이 흘렀다. 수평선에서 피어오른 적란운이 하늘을 뒤덮었다. 드높은 하늘에 흐르는 바람이 달빛을 지웠다. 갑자기 캄캄해진 어둠 속에서 그 구슬픈 소리가, 먼 나라에서 건너오는 바람 소리처럼 서서히 절벽을 타고 내려와 강 수면으로 흘러갔다.

두 사람은 동시에 절벽 위를 쳐다보았다. 운가미의 눈구멍에서 날아오른 반딧불 한 마리가 구슬픈 소리를 따라가듯이 두 사람 사이를 빠져나가 흐르는 강물 속으로 떨어져 사라졌다.

"뛰그라."

후지이는 갑자기 어깨가 밀쳐지는 바람에 비틀거렸다.

"뭐하고 있노? 빨리 뛰라니까."

세이키치는 멍청히 서 있는 후지이를 채근하고 쏜살같이 뛰기 시작했다. 두려움에 가득 찬 세이키치의 목소리와 표정에 후지이도 황망히 그 뒤를 쫓았다.

풍화되지 못한 뼈 같은 석회암 자갈이 조붓한 길에 깔려 있었다. 날다시피 뛰어가던 세이키치는 신고 있던 고무 조리가 언제 달아났는지도 몰랐다. 찢어진 발바닥 상처로 파고든 석회암 가루가 피를 빨아들여 굳으며 아파왔다. 하지만 뛰기를 멈출 수는 없었다. 죽어라 뒤쫓던 후지이는 현수교 위의 세이키치가 힘이 쏠려 발이 꼬였는지 앞으로 고꾸라지려는 모습을 보았다.

"위험해요."

후지이가 달려들어 세이키치의 작업복 뒷덜미를 잡고는 다리 난간 밖으로 나가 버둥거리는 세이키치의 상반신을 바로 세웠다. 돌아본 세이키치의 눈에 젊은 특공대원의 창백한 얼굴이 어렴풋이 겹쳐졌다. 세이키치는 상대를 찔러 죽이고 싶은 정도의 공포심과 함께, 내장의 감촉이 손가락 끝에 느껴질 만큼 힘껏 껴안고 싶다는 주체할 수 없는 충동에 휩싸였다. 세이키치는 자신의 어깨를 잡고 있는 후지이의 가는 손가락을 꽉 쥐고 가슴으로 끌어당겼다. 하지만 곧 후지이의 야윈 몸을 확 밀쳐버리고 다시 마을을 향해 내달렸다.

길 양쪽으로 가드레일을 친 신작로를 빠져나와 늘어선 집들의 불빛이 보이는 데까지 와서야 세이키치는 뛰기를 멈추고 아스팔트 위에 웅크려 앉았다. 5분 정도 그렇게 호흡을 가다듬고 있었지만 후지이는 뒤따라오지 않았다. 일어나서 천천히 발걸음을 옮긴 지 얼마 안 돼 숲속 나무들이 술렁거리고 바다 냄새가 나는 따스한 바람이 목덜미를 어루만졌다. 머리 위로 반딧불이 앞서간다. 가녀린 바람 소리는 반딧불과 함께 사라졌다.

"정말로 우는 것 같답니다."

말을 거는 도쿠이치에게 적당히 동조하고 후지이는 손목시계를 보았다. 희뿌옇게 밝아오는 동녘 하늘이 기울어진 문자반 유리에 비쳤다. 다섯시 반이 조금 지났다.

어젯밤에 세이키치와 헤어진 후지이는 또다시 절벽으로 가볼 엄두가 나지 않아 민박집으로 돌아오고 말았다.

"어디 갔었어요? 이렇게 늦게."

이즈미는 푹푹 찌는 조립식 주택 방에서 선풍기 바람을 쐬며 혼자 맥주를 마시고 있었다.

"음, 너무 더워서 잠깐 이 주변을 산책하고 왔어."

"정말이지 갈 데가 하나도 없어요. 싸구려 스낵바 외에는 놀 데라곤 없으니. 이래 가지고 관광객을 불러들이겠다는 건 너무 안이한 생각 아니에요? 참 나."

"그런 말 하지 마."

후지이는 가볍게 타이르듯이 말하고는 윗옷을 벗고 수건을 집어 들었다.

"샤워하시게요?"

"응."

"에어컨 정도는 달아줘야 되는 거 아닌가. 앉아 있기만 해도 땀이 흐르는데. 아 참, 아까 이시카와 씨 심부름이라면서 어떤 아가씨가 왔었어요. 예정을 앞당겨 내일 아침 일찍 촬영을 하자던데요. 이장님이나 마을 어르신들과도 얘기가 끝났다고요. 다섯시쯤에는 오겠대요."

후지이는 이즈미의 말에 짧게 대답하고 샤워실로 들어갔다.

무지근한 피로감이 온몸에 퍼졌다. 뜨거운 물로 샤워를 해도 사라지질 않았다. 유카타로 갈아입은 후지이는 만화를 보다가 잠이 든 이즈미에게 여름용 이불을 덮어주고 불을 껐다. 세이키치에게 밀쳐진 부위가 뻐근했다. 무엇을 그렇게 두려워하는 걸까? 생각을 접고 잠들려 애썼지만 좀처럼 잠이 오지 않았다. 도쿠이치가 부르러 왔을 무렵에는 피로만 더 가중되어 있었다.

"이제 곧 들릴 겁니다."

멍하니 절벽 위를 바라보는 후지이에게 도쿠이치가 신바람이 나는 듯이 속삭였다.

갑자기 더 이상은 못하겠다는 생각이 치밀었다. 일본의 항복으로 전쟁이 끝나고 3년 정도 지나 방송국에 입사했다. 텔레비전국이 개설되자 그리로 자리를 옮기고, 프로그램 제작을 담당하게 되면서부터는 가능한 한 전국을 돌며 전쟁이 남긴 상처를 다큐멘터리로 찍어왔다. 높은 평가를 받아 상을 받은 프로그램도 몇 편이나 있다. 그렇지만 근

10년 동안 더는 못할 것 같다는 생각이 해마다 커져갔다.

이번 취재를 나설 때도 오키나와라는 점 때문에 제작회의에서 말다툼이 있었다.

"오키나와 전투는 취재할 만큼 했잖습니까? 히로시마 쪽이 그래도 가치가 좀 있을 텐데요. 반핵운동도 8월쯤에는 고조될 테고."

그런 의견이 나오리라고 예상했었다. 한때는 사회 문제를 다루는 다큐멘터리로 높은 평가를 받던 프로그램이지만 지금은 광고주 찾기에 애를 먹고, 방송 시간대도 심야로 넘어간 데다 예산도 쥐꼬리만큼밖에 나오지 않았다.

종전 특집에 오키나와 전투가 빠질 수는 없다고 집요하게 물고 늘어져 겨우 승낙을 받긴 했으나, 그때 이미 긴 취재를 끝낸 사람처럼 심한 피로감을 느꼈다. 이번이 마지막일지 모른다. 후지이는 마음속으로 그렇게 중얼거렸다. 승진보다도 오로지 직접 자기 발로 현장을 돌아다니는 걸 삶의 보람으로 여겨왔지만 어느덧 정년을 의식할 나이가 되어 있었다.

"면장님도 오키나와 전투에 참전하셨나요?"

몇 번이나 나오는 하품을 참던 이즈미가 지루함을 덜어내려는 듯이 별 관심 없는 투로 물었다.

"이래 봬도 철혈근황대원이었지요. 열다섯 살 때였어요, 열다섯. 해안가 바위굴에 숨어서 탱크가 오면 달려들 작정으로 폭탄을 안고 기다렸는데 안 왔어요. 우리가 있는 데로는."

도쿠이치는 득의양양하게 떠들기 시작했다.

"왔었다면 틀림없이 행동 개시했을 거예요. 이렇게 낮게 몸을 구부리고 단숨에 탱크 바퀴 밑으로 몸을 던지는 겁니다. 바퀴가 폭파되면 탱크는 못 움직이니까요. 육지의 특공대라고나 할까."
"허, 대단하네요. 오키나와분들은 누구나 그런 경험이 있겠군요."
"그렇죠. 내가 아는 이야기만으로도 책 한 권은 나올 겁니다."
"허, 또 어떤 게 있는데요?"
이즈미는 안주머니에서 메모장을 꺼내 들려고 했다.
"녹음기는 준비됐나?"
가능한 한 드러내지 않으려고 했지만 짜증이 묻어났다. 이즈미는 메모장을 도로 집어넣더니 시큰둥하게 이것저것 만져보고, 말허리가 잘린 도쿠이치는 후지이를 원망스럽게 바라보았다.
"그러고 보니 저 운가미도 원래는 특공대원이었지요."
도쿠이치는 누구에게랄 것도 없이 말했다. 그러나 아무도 반응하지 않자 하릴없이 주변을 어슬렁거리다 이즈미가 만지작거리고 있는 기자재를 들여다보며 소리 낮춰 말을 걸었다.
풍장터의 유골이 특공대원이었다는 사실은 사전 조사로 알고 있었다. 바로 그것이 이 마을을 취재 대상으로 삼은 이유이기도 했다. 후지이는 동료들이 하나둘씩 오키나와로 날아가던 5월의 일을 떠올렸다.

"밖에 나가지 않을래?"
갈라진 목소리가 속삭였다. 가노의 말에 후지이는 침대를 빠져나와 병영 밖으로 나갔다. 필시 모두가 내일 아침에 있을 출격을 생각하며 잠자리에 들지 않았겠지만 아무도 나무라지 않았다.
낮은 하늘을 뒤덮은 구름은 금방이라도 비가 쏟아질 듯 열기를 띤

눅눅한 바람을 품고 있었다. 창문을 완전히 가린 병영은 조용했다. 그 안에서 모두 마지막 밤을 견뎌내고 있었다. 후덥지근한 밤기운으로 땀에 젖은 몸이 찝찝했으나 그 찝찝함을 견뎌내는 것도 이제 얼마 남지 않았다는 생각이 뇌리를 스쳤다.

두 사람은 병영을 벗어나 뒷마당 쪽으로 천천히 걸어갔다. 가노보다 두세 걸음 뒤에서 걷던 후지이는 규칙적인 자신의 군화 끝을 내려다보면서, 두 사람의 군화에 밟히는 자갈 소리의 시원스럽고 기분 좋은 울림을 듣고 있었다. 별것도 아닌 소리가 팽팽한 긴장감이 감돌던 하루에 미미하게나마 구원의 손길을 뻗어주는 느낌이었다.

가노를 알게 된 지 두 달도 채 되지 않았지만 처음 봤을 때부터 소년티가 나는 백석(白晳)의 얼굴에 어울리지 않는 냉혹함이 서려 있는 듯해 후지이의 흥미를 끌었다.

가노는 부대 안에서 일어나는 일에는, 사람이든 훈련이든 심지어는 출격 날짜에도 관심이 없어 보였다. 특별공격대*에 편입된 사람에게는 상당히 많은 관용이 베풀어졌지만 가노만은 예외였다. 그 뻣뻣한 태도 때문에 상관에게 매일같이 맞았고, 맞아도 전혀 고통스러운 표정을 보이지 않았다. 오히려 얇은 입술을 살짝 일그러뜨리며 비웃는 듯한 표정을 보일 때도 있었다. 후지이는 은근히 가노에 대한 얘기를 주워들으려고 애썼지만, 교토의 대학을 다니던 중 같은 시기에 학도병으로 입대했다는 사실 외에는 거의 알 수가 없었다.

그런 가노와 처음으로 말을 섞은 게 바로 이주일 전이었다. 취침하

---

* 폭탄이 장착된 비행기를 몰고 자살 공격을 한 특공대 '가미카제'를 말한다.

기 전 변소에서 일을 보던 중이었다. 갑자기 뒤에서 누군가가 다가오더니 후지이의 겨드랑이 밑으로 손을 넣어 목덜미에서 깍지를 꼈다. 버둥거리며 팔을 빼내려 하자 차가운 것이 목에 와 닿았다. 면도칼이었다. 후지이는 숨을 삼키고 움직임을 멈췄다.

"두 번 다시 날 그런 눈으로 쳐다보지마."

가노의 목소리였다. 팔이 풀려 자유로워진 후지이가 주변을 둘러봤을 때 가노는 이미 없었다.

그때부터 후지이는 가노와 마주칠 때마다 얼른 눈길을 돌리며 그를 보지 않으려고 애썼다. 며칠 후 고개를 숙인 채 스쳐 지나가려는 후지이를 가노가 불러 세웠다.

"일주일 뒤다."

후지이는 무슨 소리인지 몰라 가노의 얼굴을 바라보았다.

"출격 말이야."

가노는 의외일 정도로 악의 없는 웃음을 띠었다. 후지이는 놀란 나머지 한동안 멍하니 서 있었다. 정신을 차리고 대꾸하려 했을 때 이미 가노는 거부의 뒷모습을 보이며 걸어가고 있었다.

사흘 후, 후지이와 동료들은 오키나와로 출격하라는 명령을 받았다. 5월 17일이었다. 대부분의 병사는 얼마 남지 않은 시간을 신변 정리나 유서 내지 편지 쓰는 일로 보냈다. 하지만 가노는 전혀 그렇지 않았다. 책을 읽거나 병영 내부를 돌아다니는 듯했다. 후지이는 몇 번이나 가노에게 말을 걸어보려 했지만 막상 만나면 눈도 제대로 보지 못했다.

이틀 후, 출격을 하루 앞두고 술판이 벌어졌다. 그중에 가노가 없다는 것을 알자 후지이는 변소에 가는 척하며 제창으로 무르익은 자리를 빠져나왔다. 출격하기 전에 가노와 이야기를 나누고 싶었다. 무슨 이야기를 하겠다는 목적 따위는 없었다. 다만 내일 이 시각에는 서로가 더 이상 이 세상에 존재하지 않는다고 생각하자, 의미 있는 말 한 마디 나누지 못하고 헤어진다는 게 너무나 아쉬웠다. 후지이 쪽에서 먼저 말을 걸면 거절당할 게 뻔했으므로 가노가 말을 걸어오기를 기다렸다. 병영으로 돌아가 편지와 일기를 쓰고, 술을 마시러 오라는 동료에게 속이 안 좋다고 사양하고는 침대에 누워 가노를 기다렸다. 그러나 그 전에 불쾌해진 내무반원들이 저마다 군가를 부르면서 돌아왔다. 후지이는 눈도 붙이지 못하고 무더운 밤을 견뎠지만 가노는 찾아오지 않았다.

　후지이는 묘한 외로움에 사무치다 저도 모르는 사이에 잠이 들었다. 가노가 후지이를 흔들어 깨우며 밖으로 나가자고 속삭인 건 오밤중이 다 돼서였다.

　눈앞의 땅바닥에 갑자기 빨간 불티가 흩어졌다. 작은 벌레를 못살게 굴듯이 담배꽁초를 밟아 뭉갠 가노는 성큼성큼 앞으로 걸어갔다.

　"그냥 놔둬."

　담배꽁초를 주우려는 후지이에게 가노가 비웃듯이 말했다. 후지이는 잠자코 꽁초를 주워 주머니에 넣었다.

　이윽고 두 사람은 병영 뒤에 있는 절벽 앞까지 가서 나란히 그 위를 올려다보았다. 중턱에 돋아난 소나무 가지가 바람에 울고 있었다.

　"올라가보지 않을래?"

　후지이는 가노의 옆얼굴을 보았다. 표정은 살필 수 없었지만 평소의 자조적인 모습과는 다른, 뭔가 작심한 듯한 분위기가 전해져왔다.

"이러면 안 될 텐데."

후지이는 순시병에게 도주로 간주될 일을 두려워하며 말했다. 가노는 못 들은 척 절벽으로 다가가더니 절벽 면에 돋은 나무를 잡거나 튀어나온 바위를 짚으며 엄청난 속도로 올라가기 시작했다.

"어이, 발각되면 그냥 안 넘어갈 거라고."

후지이의 말에 가노는 아래를 보며 온화한 목소리로 대답했다.

"이제 와서 뭘 그냥 못 넘어간다는 거야."

후지이는 한 대 얻어맞은 기분이 들어 우물거렸다. 찢어지는 가슴 깊은 곳에서 여태껏 억눌렀던 분노가 솟구쳤다. 정신이 들었을 때는 자신도 알 수 없는 저주를 뇌까리면서 수직으로 깎아지른 절벽을 기어오르고 있었다.

잡목림을 뱀처럼 꿈틀거리며 기어오른 바람이 땀범벅인 몸을 핥았다. 두 사람이 하늘로 뻗어 있는 예리한 칼끝 같은 풀잎들을 쓰러뜨리며 벌렁 드러눕자, 가끔씩 번쩍이는 섬광이 하늘을 덮은 구름의 모습을 뚜렷이 드러냈다. 그것은 매일 수없이 죽어가는 인간의 몸에서 발산하는 증기와 입자를 흡수하여 급성장한 생물 같았다.

'나도 저 녀석한테 먹히겠구나.'

후지이는 자신의 몸이 미세한 입자로 분해돼 주변으로 흘러가는 듯한 감각에 사로잡혔다. 견딜 수 없이 솟구치는 불안을 눌렀다. 은사에게 보내는 편지에서 썼던 '적멸(寂滅)'이라는 단어가 떠올라 뇌리에서 떠나지 않는다. 옆에서 가노가 몸을 일으키는 기척이 느껴졌다. 후지이는 한쪽 팔꿈치로 상반신을 지탱하고 발밑에 펼쳐진 내해와 내해를 둘러싼 발달된 시가지를 내려다보았다. 불 꺼진 시가지는 무수한 생물이 진흙 속에 몸을 숨긴 갯벌을 닮아 있었다. 아버지와 어머니 생각이 났다. 두 분 다 지금쯤 고향 마을에서 갯벌 구멍 속의 게처럼 죽은 듯이 몸을 숨기고 가냘픈 숨을 쉬고 있을 것이다.

"무의미한 것 같지 않아?"

절벽 가장자리에 걸터앉아 있던 가노가 몸을 홱 비틀며 말했다. 후지이는 대답을 찾지 못해 가노의 말을 반추했다. 가장 두려워하던 질문이었다.

지난 일주일 동안 자기 죽음에 이런저런 의미를 부여해봤지만 결국은 공허함만 느꼈다. 누구나 그 공허함을 응시하기 두려워 유서나 편지 쓰는 일에 열중했다. 후지이는 '천황을 위해'라는 말을 입에 담는 놈의 숨통을 끊어버리고 싶은 충동을 몇 번이나 참았다. 들이받을 대상이 없는 채 증폭돼가는 증오심. 그것이 후지이의 내부 여기저기를 갉아먹었다.

'무의미한 것 같지 않느냐고? 뭘 새삼스럽게.'

문득 지금까지 누구보다도 니힐리스트인 척하던 가노가 실은 심한 공포감을 못 견뎠던 건 아닐까 하는 생각이 들었다. 후지이는 처음으로 가노 앞에서 자기가 정신적으로 우위에 선 느낌이 들다가, 이런 상황에조차 그런 것에 집착하는 자신이 싫어졌다.

"불 좀 빌려줘."

후지이는 주머니를 뒤져서 성냥을 찾았다. 한 개비를 켜서 내밀었지만 금방 바람에 꺼지고 말았다. 가노는 담배를 물고 얼굴을 들이댔다. 불빛에 떠오른 얼굴은 놀랄 만큼 어렸다. 후지이는 애처로운 생각이 들어 저도 모르게 눈길을 돌렸다. 손바닥에 눌려 달아오른 귀에 부드러운 숨결이 닿으며 갈라진 목소리가 낮게 무언가를 속삭였다.
"응? 뭐라고?"
돌아다본 입술에 부드러운 것이 닿았다고 생각한 순간 후지이는 목덜미가 잡혀 어둠 속으로 내던져졌다. 몸 어딘가가 부러지는 소리가 나면서 절벽 중턱에 자란 소나무 가지가 크게 휘청거렸다. 진한 송진 냄새가 코를 찔러 후지이는 반사적으로 가지를 잡았다. 하지만 가지가 부러져 더욱 깊은 어둠 속으로 떨어졌다.
의식을 회복했을 때 가노의 모습은 없었고 병문안을 오는 사람도 없었다.
"운이 좋군."
군의가 빈정거리듯이 말했다.
"재주도 좋지. 소나무 가지에 떨어지다니. 안 그랬으면 즉사했을 텐데."
후지이는 의식이 깨어난 후에도 수주일간, 반은 혼수상태로 있었다. 팔다리를 비롯해 여러 군데가 골절되었고 척추도 다쳐 절대 안정을 취해야 했다. 이미 가노가 사고로 인한 전락임을 진술했다고 취조하러 온 헌병이 말해주었다. 후지이는 그 말에 긍정도 부정도 하지 않고 굳게 입을 다물고만 있었다.
특별공격을 피하려고 일부러 뛰어내린 건 아닌지 의심하는 게 분명했다. 치료가 끝나자마자 엄중한 취조를 받고 군법회의에 회부될 게 뻔했다. 그러나 그 모든 일에 후지이는 무관심했다. 하루의 대부분을 누워 지내며, 반역자라도 되는 듯 거칠게 다루는 군의에게도 표정 하나 바꾸지 않고 누추한 천장만 쳐다보았다. 7월 중순 후지이는 시내 병원으로 이송되었다.

"평생 반신불수가 될지도 몰라."

그때까지 치료해준 군의는 헤어질 때 그렇게 되기라도 바라는 양 쌀쌀한 눈빛으로 내려다보며 말했다. 헌병이 정기적으로 취조하러 왔지만, 후지이는 허공을 응시한 채 메마른 입술을 굳게 다물고 있었다.

얼마 지나지 않아 일본은 패전을 맞았다. 그러나 후지이는 그런 것에조차 무관심했다. 3개월 후 후지이는 퇴원하여 부모님 곁으로 가게 되었으나, 3년간을 구석방에 누운 채 바깥세상과 거리를 두고 살았다. 그러던 5월의 어느 날, 후지이는 돌연 방에서 나와 시내를 분주하게 뛰어다니며 일거리를 찾았다. 처음 택한 하역 일은 몸이 상해 3개월 정도밖에 버티지 못했는데, 그 후에도 여러 번 직업을 바꿨다가 지금의 방송국에 들어가게 되었다.

"오늘은 평소보다 늦네요."

수평선 부근에 낮게 깔린 구름 아래쪽이 황금색으로 빛나기 시작했다. 도쿠이치는 연신 손목시계를 들여다봤다.

"오늘 날씨가 안 좋아서 그런 모양인데."

늦어지는 이유를 추궁당할까봐 사전에 막으려는 말이었다. 후지이는 강의 흐름을 눈으로 따라가며 아침뜸 현상이 일어나고 있는 하구의 후미를 둘러보았다. 저 앞바다에서 가노를 비롯한 동료들이 산화(散華)했을 것이다. 후지이는 취재로 오키나와에 올 때마다 특공대원의 기록이나 자료를 찾아 각지를 돌아다녔다. 그 성과로 파도에 밀려

올라왔다는 여러 대원의 유품을 찾아낼 수 있었다. 그러나 가노에 대한 정보는 얻지 못했다.

강에서 피어오르는 아침 안개가 맹그로브 숲 위로 천천히 흘러갔다. 후지이는 벌써 몇 년이나 자신에게 붙어 떨어지지 않는 거품 같은 피로의 원인을 생각해봤다. 방 안에 누워서 지내던 3년간의 기억은 거의 남아 있지 않았다. 다만 간혹 성냥 불빛으로 본 가노의 그 마지막 표정이 되살아나 미쳐버릴 것 같은 기분에 사로잡히곤 했다. 가노의 입술이 살짝 움직이며 나직하게 속삭이는 소리가 들려온다. 하지만 도무지 뭐라고 하는지 알 수가 없다.

정말로 가노가 밀어서 떨어진 걸까. 아니면 죽음을 면하려고 이판사판으로 자진해서 뛰어내린 걸까…… 그런 의문이 뇌리를 떠나지 않았다.

모든 게 무의식중에 스스로 꾸며낸 일이 아닐까. 후지이는 완만하게 물결치는 강의 후미를 바라보았다. 가노와의 마지막 장면도, 자신이 무의식중에 만들어낸 가짜 기억 같았다. 아니, 가노는 뭔가를 말하고 싶었던 것이다. 그래서 나를 살려두려 했으리라. 후지이는 가노의 마지막 말을 필사적으로 생각해내려 했다. 그러나 떠오르는 말마다 하나같이 자의적인 냄새가 났다.

수면부족과 불타는 증오심으로 벌겋게 부어오른 동료들의 눈이 들 것으로 옮겨지는 자신을 바라보았다. 후지이는 사라지지 않는 그들의 눈 속에서 말로 표현하지 못했던 그들의 속내를 대신 전하고자 특공대원의 기록을 추적해온 셈이다. 가노 덕분에 살아남았다는 생각을 가지고, 죽어간 자들의 삶과 죽음 그리고 그 의미를 밝혀나가는 일이

바람 소리 97

자신의 책무라고 믿으며, 또 한편으로는 동료를 배신하고 목숨을 부지하게 된 자신을 영원히 단죄하기 위해 기록을 찍어왔다고 생각했다. 그 모든 것이 가식에 지나지 않았다는 생각이 엄습했다.

'나는 단지 살아남아, 나 자신을 위로하기 위해 가노의 환영을 좇고 있었던 거다.'

가노의 고향에 부모 형제가 건재하고 있음을 확인한 건 20년도 더 전이었다. 하지만 후지이는 가장 중요한 취재지라고 할 수 있는 그곳만은 가지 않았다. 사전 조사는 몇 번씩이나 했음에도 불구하고 기획서는 제출하지 않았다. 먼발치에서 가노의 어머니를 두 눈으로 확인했으면서도 끝내 그 어머니에게 마이크를 들이대고 카메라를 돌리는 일은 하지 못했다.

하얀 파도가 부서지는 산호초 경계선을 넘어 바다 빛살 속에서 무언가가 달려왔다. 수면을 휘저어놓아 잔물결이 다가온다.

"이제 울 겁니다."

도쿠이치가 후지이의 팔꿈치를 잡고 흔들더니 용나무 뒤를 가리켰다. 이즈미가 '쉿' 하고 녹음기 스위치를 눌렀다. 후지이는 장치한 카메라를 들여다보며 필름을 돌리기 시작했다.

바다 냄새가 나는 눅눅한 바람이 세 사람의 머리카락을 희롱한다. 메꽃이 잎 뒷면을 보이며 하얗게 뒤집히고 투명한 생물이 절벽을 수직으로 달려 올라간다. 용나무 가지에 닿아 방향을 돌린 바람이 풍장터의 모래를 조금 떨어뜨린다. 하지만 구슬피 우는 소리는 들리지 않았다.

절벽 위로 집음(集音) 마이크를 댄 채 이즈미가 도쿠이치를 쳐다보았다.

"이제부텁니다. 이제부터." 도쿠이치는 억지로 미소를 지으려고 했다. 흔들리는 용나무의 수염 같은 기근과 살랑이는 초록 잎에서 흩어지는 이슬이 반짝이는 가운데 벌건 빛을 띠기 시작한 아침 해가 두개골을 비췄다. 엷은 복숭아색으로 물든 그 아름다운 유골 옆에 그림자 같은 검은 덩어리가 있었다.

"뭡니까, 저건."

이즈미가 카메라를 들여다보고 있는 후지이에게 말을 걸었다. 후지이는 아무 대답 없이 얼굴을 떼고 카메라를 가리켰다. 입술이 떨리고 얼굴에 핏기가 없었다. 그 모습을 의아하게 여기며 이즈미는 카메라 렌즈를 들여다봤다.

"게다."

운가미의 그림자로 보인 것, 그것은 자색 집게를 가진 한 덩어리의 게였다.

운가미가 울지 않게 되었다는 소문은 그날 낮에 벌써 온 마을로 퍼졌다.

점심 급식이 끝나고 운동장 옆에 늘어선 오래된 소나무 밑에서 진지(陣地) 뺏기 놀이를 하던 아키라와 친구들에게 그 말을 전한 사람은 신이었다. 잊은 물건을 가지러 집에 갔던 신은 점심을 먹으러 밭에서 돌아와 있던 아버지한테 그 소식을 들었다.

아키라와 친구들은 놀다 말고 둥그렇게 모여 신의 이야기에 귀를 기울였다. 불안에 가득 찬 술렁거림이 원의 중심에서 밖으로 퍼져나가고, 제일 바깥쪽에 있던 몇 명이 이야기를 듣자마자 "큰일 났데이"

라고 외치면서 교실을 향해 달려갔다.

그렇게 된 원인을 알고 있는 이사무와 신과 친구들 몇은, 겁에 질려 하얗게 맑아진 눈빛으로 아키라를 살폈다.

아키라는 금방이라도 눈물이 쏟아지려는 걸 참으며 원 밖으로 빠져나왔다. 신성한 장소를 더럽힌 자에게 가해진다는 갖가지 벌에 대한 전설이 뇌리를 스쳤다.

"이리 와봐라."

뒤따라온 이사무가 아키라의 팔을 잡아끌었다.

"빨랑, 시간 없데이."

아키라는 이사무에게 이끌려 늘어선 소나무 아래에 펼쳐진 사탕수수밭 속으로 들어갔다.

"역시 우리가 한 짓 때문이겠제?"

추위에 덜덜 떠는 병아리들처럼 작은 원을 만들어 서로의 몸을 붙이고 앉아 있는 가운데, 신이 상기된 목소리로 말했다. 운가미의 벌을 받는다면 제일 먼저 말을 꺼낸 자신이야말로 가장 큰 벌을 받으리라고 생각하는 듯 완전히 겁에 질려 있었다.

"그 병 때문에 바람의 진로가 바뀐 건지도 모르제."

이과(理科) 지식이 가장 많은 히토시가 그렇게 말하자, 몇 명인가가 고개를 끄덕이며 아키라를 쳐다보았다. 아키라는 자기한테 책임이 돌아온 게 기분 나빴지만, 실제로 그럴지도 모른다는 생각에 반박하지 못했다.

"걱정 할 필요없데이, 아키라."

이사무가 보호자 같은 태도로 말했다. 분명히 지난번 아키라로 인해 흠집이 생긴 권위를 회복시켜보려는 듯한 말투였다.

"어른들이 알기 전에 그 병을 가져와야 안 되겠나."

신은 말하고 나서 입을 잘못 놀린 걸 후회하며 울상을 지었다. 모두 아키라와 이사무에게서 눈을 돌리고 입을 다물었다. 불어오는 바람에 사탕수수 잎이 부드럽게 물결치고, 메마른 소리가 아키라와 친구들 머리 위로 스쳐 지나간다. 머리 위에서 자기들의 밀담을 누군가가 내려다보는 듯한 느낌이 들어 모두가 하늘을 올려다보았다. 아키라만이 고개를 숙인 채 사탕수수의 마른 잎을 응시했다.

약속대로라면 이사무가 병을 가지러 가야 했다. 하지만 아직 내기를 한 날짜가 되지 않았다. 아키라가 가지러 가는 게 맞을지도 모른다. 다만 이번에 그 절벽을 올라가는 사람은 온전하지 못할 것 같은 느낌이 들어 아무도 입을 열지 못했다.

이사무는 땀을 닦은 다음 오줌이 마려운 성기를 허벅지로 꽉 조이면서, 고개를 숙이고 있는 아키라에게 말했다.

"내가 가지러 가꾸마."

아키라는 대답하지 않았다. 이사무는 무시당한 데 상처받고 마음을 추스리려는 듯 모두를 둘러보았다.

"이사무라면 할 수 있을 끼다."

안으로 난 속눈썹 때문에 눈을 깜빡거릴 때마다 눈동자가 찔리는 가주가, 이사무의 기분을 눈치 빠르게 알아채고 말하자 모두가 고개를 끄덕였다.

"아직 살아 있겠나?"

갑자기 신이 생각났다는 듯 말했다. 무거운 침묵이 다시 찾아왔지만, 누군가가 '뽀옹' 하고 방귀를 뀌자 모두들 소리 내어 웃으며 서로를 쿡쿡 찔렀다.

"살아 있을 리가 없다. 게가 잡아묵었을 끼다."

히토시가 손가락으로 신의 귀를 자르는 시늉을 하며 모두를 웃겼다.

"낮에는 안 가는 게 좋겠다. 어른들이 보러 올지도 모른다 아이가."

"그 정도는 내도 안다, 오늘 밤에 갈 끼다."

이사무는 가주의 주의에 그렇게 대꾸하고 사탕수수 마른 잎을 짓밟으며 일어났다. 수업 시작종이 울렸다. 이사무는 그대로 앉아 있는 아키라를 채근해 일으켜 세우고는 힘차게 사탕수수밭에서 뛰어나가 교실로 내달렸다. 모두들 그 뒤를 따랐다. 하지만 아키라는 넋 나간 사람처럼 수수밭에 우뚝 선 채 움직일 생각을 하지 않았다.

사탕수수밭을 스쳐 지나는 바람 속에 어딘지 모르게 구슬픈 그 소리가 들려왔다.

"당신, 아직도 그라고 있능교?"

점심을 먹고 텔레비전 연속극을 다 본 미쓰는 툇마루에 드러누워 줄곧 생각에 잠겨 있는 세이키치에게 말을 걸었다.

"음, 난 어데 좀 들릴 데가 있으니 먼저 나가라."

미쓰는 어제부터 세이키치의 태도가 이상한 게 마음에 걸렸지만 이유도 묻지 못한 채 물통을 들고 밭으로 나갔다.

미쓰가 밖으로 나간 지 얼마 안 돼 몸을 일으킨 세이키치는 안방으로 들어갔다. 아이들이 모두 학교에 가서 집 안은 고요했다. 세이키치는 낡은 서랍장 안에서 부드러운 천 조각에 싸인 까만 만년필을 꺼냈다.

그날은 도대체 어떻게 돌아왔는지도 모른다. 방공호 안에서 눈을 떴을 때 주머니를 뒤지자, 손가락 끝에 만년필이 만져졌다.

세이키치는 엄지손가락으로 만년필을 살살 쓰다듬었다.

K

두껍에 새겨진 문자는 닳아 있었다. 전쟁이 끝난 후 만년필을 돌려놓으러 갔지만 돌계단은 이미 파괴되고 없었다. 그 대신 구슬픈 소리가 세이키치를 기다리고 있었다.

죽은 사람이 죽기 바로 전까지 몸에 지녔던 물건을 훔쳤다는 죄의식은 해가 갈수록 단순한 수치심에서 사자(死者)를 욕되게 했다는 두려움으로 변해갔다. 풍장터는 죽은 자가 마지막으로 정화되는 장소였다. 몸에 차 있던 액체나 살이 다 사라지고, 뼈만 남아 저세상으로 떠나는 과정을 타인이 보는 일은 용납되지 않았다. 세이키치는 손가락으로 문자를 문질렀다. 눈앞에 완전히 변해버린 젊은 병사의 모습이 떠오른다.

얇은 피부가 청자색 게의 집게발에 잘려나가고, 농익은 과일이 물러터지듯 악취를 내뿜는 살 조각이 하얀 모래 위로 떨어진다. 무리 진 게의 등딱지와 집게발이 부딪치는 소리가 서걱서걱 바위굴 속에 메아리친다. 세이키치의 손가락이 만년필을 훔치는 것을 지켜보는 튀어나온 수많은 눈. 불현듯 죽은 줄 알았던 젊은 병사의 손톱 끝이 움직인다. 몸을 뒤집으며 머리를 번쩍 쳐든다. 의식적으로 벌린 것일까, 아래턱이 무너져내린 것일까, 깊은 어둠을 연 목구멍에서 소리 없는 외침이 새어나온다. 눈구멍에서 눈알과 함께 굴러 떨어지는 게.

아직 죽지 않은 병사를 게의 먹이로 만들어버린 건 아닐까. 그게 아니면 움직임처럼 보인 건 공포심에서 온 눈의 착각이었던가. 무엇이 사실인지 알 도리는 없다. 다만 시간이 흐르면 흐를수록 수치심과 두려움은 점점 커져갔다. 혼자 있을 때면 문득 기억이 되살아나고 그 소리가 들려오곤 했다.

언제부터인가 풍장터에서 구슬피 우는 소리가 들린다는 소문이 돌았다. 누가 놓아둔 것인지 모르는 해골 하나가 바다 저 멀리를 바라보며 구슬피 울고 있다고 했다.

아버지가 술김에 젊은 특공대 병사의 해골이란 말을 흘리는 바람에 마을 사람들도 다 알게 되었다. 하지만 아버지도 시체를 지금의 그 위치에 두지는 않았다며 의아해했다. 어느새 계단 돌을 가져가버린 미군들의 장난으로 그렇게 놓여졌다고 믿게 되었다. 그러나 세이키치는 그렇지 않을 거라고 생각했다. 수백 마리의 게를 등에 태운 젊은 병사가 경계석까지 기어가서 턱이 닿았을 때 숨이 끊어진 건 아닐까. 세이키치는 만년필을 꼭 쥐고 더러워진 유리창 밖으로 굼실굼실 몰려가는 구름 덩어리를 바라보았다.

"그럴 리가 없어. 관자놀이에 총알이 박혔는데 살아 있었을 리가 없어."

세이키치는 몇 번이고 자신을 그렇게 다독였다. 그러나 만년필을 돌려놓으러 갔을 때 세이키치는 두 눈으로 직접 바다 저 먼 곳을 바라보는 두개골을 보았고, 구슬피 우는 소리를 들었다.

고등학교를 마친 후 세이키치는 10년 가까이 본토에서 일했다. 그러나 어디를 가더라도 그 젊은 병사의 모습과 구슬피 우는 소리로부터 벗어날 수는 없었다. 만년필 한 자루를 가져왔을 뿐인데 어째서 이다지도 괴로워하지 않으면 안 된단 말인가 하는 생각도 했다. 잊어버릴 만하면 불현듯 찾아오는 구슬피 우는 소리에 어떤 변명으로도 자신의 두려움을 해소할 수 없다는 걸 알았다.

고향으로 돌아온 세이키치는 전몰자들의 유골을 수거하는 과정에서 '구슬피 우는 운가미'가 거론되어 신분이 밝혀지면 자신의 도둑질이 드러나지 않을까 노심초사했다. 그런 일을 막기 위해 그 운가미만은 아무도 손을 못 대도록 온 마을에 공포심을 조장하는 소문을 퍼트리는 일도 마다하지 않았다.

설령 도둑질이 탄로 난다 하더라도 세이키치를 나무랄 사람은 아무도 없을 터였다. 오히려 노심초사했던 일 자체를 웃어넘길지도 모른다. 그러나 설사 그렇더라도 자신의 두려움이 사라지리라고는 생각하지 않았다.

세이키치는 만년필을 천에 싸서 바지 주머니에 넣었다. 오늘 밤 풍장터에 가서 만년필을 제자리에 두고 올 작정이었다. 갖다 놓는다고 뭐가 달라지겠느냐마는 이번이 마지막 기회라는 생각이 들었기 때문이다.

이사무 집에 책을 돌려주러 간다며 집을 나온 아키라는 하구로 난 길을 서둘러 걸어갔다.

바람은 없지만 청량한 밤기운이 기분 좋았다. 하늘에는 보름달과 셀 수 있을 정도의 별만 떠 있었다. 이주* 꽃향내가 향기롭다. 길 양쪽으로 이어진 조금 높은 숲 안쪽에서 동물이 뛰어다니는 발소리와 벌레 소리가 끊임없이 들려왔다. 나무들의 침입을 막는 부적처럼 길 양쪽으로 쳐놓은 가드레일이 끊기고, 거기서부터 이리가미 강 하구로 이어지는 조붓한 길이 뻗어 있었다.

마치 누군가가 깨끗이 청소해놓은 듯 석회암 가루가 부드럽게 쌓여 있는 그 길에 아키라는 발을 내디뎠다. 아기 머리만 한 작은 두개골이 아키라 앞을 걸어갔다. 아키라는 그게 하얀 소라껍데기를 업은 소라게임을 알고 있었다. 아주 오래전에도 이 소라게를 본 기억이 있다. 숲 속 나무들과 강변의 맹그로브가 양쪽에서 가지를 뻗어 터널을 만든 하얀 길을 아키라는 소라게한테 인도받듯 따라갔다. 마침내 소라게는 맹그로브 숲으로 모습을 감추었다. 반딧불 한 마리가 나타나 덧없는 꼬리를 끌면서 명멸하며 아키라 주변을 한 바퀴 돌더니, 늘어진 메꽃 줄기 다발을 타고 올라가 푸르무레하게 보이는 두 개의 덩어리 사이로 사라져갔다.

아키라는 메꽃 덩굴에 다가서자 단숨에 절벽을 타고 오르기 시작했다.

하얀 모래 한 알 한 알이 달빛 결정체처럼 빛을 발했다. 아키라는 메꽃 줄기에서 풍장터의 경계석으로 손을 뻗쳐 돌 위로 기어올라갔다. 이리가미 강 하구에서 후미, 그리고 저 멀리 수평선까지 쏟아져 내리는 달빛이 지금까지 봐왔던 강이나 바다를 다른 세계로 바꿔놓고 있었다.

아키라는 운가미와 그 옆에 나란히 있는 마요네즈 병을 보았다. 경

---

* 동백과에 속하는 상록 교목으로 6월쯤 매화를 닮은 하얀 꽃이 핀다.

계석에서 미끄러져 모랫바닥에 기울어져 있는 마요네즈 병에는 물이 조금밖에 남아 있지 않았다. 녹조가 꼈는지 두꺼운 막으로 덮인 물은 악취가 나고 탁했다. 틸라피아가 살아 있는지 확인하고 싶었지만, 조금이라도 병을 움직이면 좁은 바위굴 안으로 몇 배의 악취가 퍼질 것 같아 만지기가 꺼려졌다.

아키라는 운가미에 손을 뻗으며 그 옆에 흩어져 있는 뼈와 군복과 군화에 눈을 돌렸다. 무섭지는 않았다. 오히려 여기에 누운 채 40년 동안 아득히 먼 북쪽 바다를 바라보고 있는 뼈에 묘한 정 같은 게 느껴졌다. 운가미의 정수리 부분을 살며시 만지자 차가운 감촉이 손가락 끝에 전해진다. 바닷바람에 씻겨 풍화된 뼈를 쓰다듬어 내려오다 움푹 파인 곳에 손가락 끝이 닿았다. 아키라는 왼쪽 관자놀이에 뚫린 구멍을 보았다. 작은 구멍이었다. 살며시 집게손가락을 넣어보자 끝부분만 들어갔다. 문득 아키라는 운가미가 구슬피 우는 이유를 깨달았다. 이 작은 구멍을 빠져나가는 바람 소리. 두 개의 눈구멍으로 들어와 두개골 안에서 반향되어 병사의 목숨을 빼앗은 관자놀이의 총상 구멍으로 새어나가는 바람 소리가, 구슬프게 들리는 소리의 정체였던 것이다. 아키라는 두 손으로 운가미를 들어 올렸다. 그리고 다시 모래 위로 살짝 내려놓으려 할 때, 날카로운 이빨이 갑자기 아키라의 손가락을 물었다. 아키라는 비명을 지르며 팔을 휘둘렀다. 눈구멍 안에 숨어서 밖을 엿보던 게의 집게발이 손가락을 물고 있었다. 온힘을 다해 운가미를 팽개치자 집게손가락의 살이 생손톱과 함께 잘려나갔다. 운가미는 절벽 아래로 일직선으로 낙하했다. 구슬픈 바람 소리가 멀어지더니 어둠 밑바닥에서 부서져 튀는 파편이 하얀 불꽃처럼 퍼졌다.

반바지 밖으로 드러난 허벅지 위로 뜨거운 피가 투두둑 떨어진다. 아키라는 다친 손가락을 왼손으로 감싸고 가슴 쪽으로 끌어당겨 풍장터에 쭈그리고 앉은 채 끙끙거렸다.
"아키라, 아키라냐?"
누군가가 부르는 소리가 들렸다.
"아부지."
아키라는 놀라서 눈앞에 나타난 얼굴을 뚫어지게 바라보았다. 금방이라도 끊어질 듯한 메꽃 줄기에 필사적으로 매달려, 땀범벅이 된 얼굴을 일그러뜨리고 눈을 휘둥그레 뜨고 있는 사람은 아버지 세이키치였다.
갑자기 마요네즈 병에서 모래 위로 물방울이 튀었다.
"살아 있다."
아키라는 저도 모르게 중얼거렸다. 살을 뜯어 먹혀 등지느러미 뼈가 하얗게 드러나긴 했지만 틸라피아는 살아 있었다. 틸라피아는 어안이 벙벙해 있는 두 사람을 조소하듯이 힘차게 몸을 튕겨 썩은 물을 모래 위에 흩뿌렸다.

여객기는 오키나와 최남단 곶을 왼쪽으로 선회하여 고도를 높여갔다. 후지이는 파도가 부서지면서 섬을 둘러싼 산호초 경계선에 하얀 선을 그리는 것을 내려다보다가 좌석에 머리를 기대고 가만히 눈을 감았다. 눈 안쪽 어둠 속에 섬의 잔영이 몸을 비틀며 사라져갔다. 섬 주변을 둘러싼 하얀 파도의 원이 하나의 덩어리가 되어 후지이를 향해 무서운 속도로 떨어진다.

후지이는 '헉' 소리를 내며 좌석에서 벌떡 일어나려다 안전벨트에 저지당했다.

"왜 그러세요?"

이즈미가 읽으려던 잡지를 무릎 위에 내려놓고 의아한 듯 묻는다.

"아니, 아무것도 아니야."

후지이는 허리를 움직여 앉음새를 고치고 다크서클이 생긴 눈가를 손가락으로 지그시 눌렀다. 어젯밤 기억이 단속적으로 떠올랐다.

'가노.'

후지이는 마음속으로 그 이름을 몇 번이나 부르면서 이리가미 강 하구로 난 길을 서둘러 걷고 있었다.

운가미가 울지 않게 되었다는 소문은 점심때쯤에는 온 마을에 퍼져 있었다. 민박집으로 돌아와 한숨 쉬고 점심을 먹으러 식당에 들어간 후지이와 이즈미는 주인 부부의 태도가 변했다는 걸 눈치챘다. 마을을 다닐 때도 자신들을 향한 눈빛이 험악해졌다는 걸 분명히 느꼈다.

후지이는 우선 나하로 철수하는 게 좋겠다고 판단했다. 거기서 마을의 동향을 살피면서 본사에 전화해 취재 기간을 좀 더 연장할 생각이었다. 하지만 그 전에 꼭 한 가지 확인해두고 싶은 게 있었다. 밤이 되자 후지이는 혼자 밖으로 나왔다. 풍장터에 누워 있다는 유골과 남은 유품을 자기 눈으로 살펴볼 작정이었다.

오키나와 전투나 특공대를 취재하는 일도 이번이 마지막일지 모른다는 생각이 들었다. 앞으로는 갖가지 난관을 극복해가며 형식적인 기획을 관철시킬 자신이 없어져버렸다.

오키나와 히로시마, 남양 군도의 격전지에 가서 증언자를 수소문하고 전쟁의 상흔을 찾아 영상으로 담는다. 설령 그런 일이 일 년에 한 번 망자를 맞이하는 오봉* 같은 행사로 변질됐다 하더라도 의의가 있는 일이라는 생각에는 지금도 변함이 없었다. 그렇다 해도 이제는 몸과 마음 구석구석까지 잠식당한 피로로부터 벗어나지 못할 것 같았다. 달빛 아래 맹그로브 숲에서 나뭇잎 스치는 소리가 났다. 아스팔트에서 하구로 난 오솔길로 내려섰다. 발밑에서 하얀 석회암 가루가 춤을 춘다. 조붓한 길 저편에서 날아오는 바다 냄새를 향해 후지이는 걸음을 옮겼다.

'무의미한 것 같지 않아?'

문득 귓가에 가노의 목소리가 들렸다. 성냥 불빛에 괴로운 듯 일그러진 얼굴이 떠오른다.

바람이 불어 불빛이 사라진다. 푸르무레한 잔상이 서서히 멀어져 간다.

'가노.'

후지이는 낙하하는 두개골을 받으려고 전속력으로 달렸다. 구슬픈 소리가 후지이의 가슴을 꿰뚫었다. 흔들리는 성냥 불빛 속에서 가노가 마지막으로 중얼거렸던 말이 이 소리였던 것 같은 느낌이 들었다. 두 팔을 뻗치며 다이빙하는 손가락 끝을 스치고, 구슬피 울던 운가미는 후지이의 눈앞에서 하얗게 산산조각으로 흩어졌다.

무릎을 꿇고 두개골 파편을 바라보았다.

'후지이.'

---

* 8월 15일 전후로 조상의 넋을 기리는 일본의 명절.

머리 위에서 허덕이는 듯한 목소리로 누군가가 불렀다.

용나무 가지에서 늘어진 메꽃 줄기에 매달린 남자의 얼굴이 달빛에 떠올랐다. 그 옆으로 가슴에 손을 모으고 열심히 기도하는 자세를 취한 소년의 모습도 보였다.

후지이는 머리를 흔들고 일어나 발밑에 흩어진 파편을 내려다보았다. 오랫동안 햇볕과 비바람을 쐰 두개골은 자잘하게 조각이 나서 달빛을 받고 있었다. 분노도 슬픔도 솟아나지 않았다. 이게 가노든 다른 동료든 더 이상 사람들 앞에서 울지 않게 되었으니 차라리 행복한 게 아닐까 생각했다. 세이키치를 흘낏 쳐다본 후지이는 왔던 길을 되돌아갔다. 현수교까지 왔을 때 흙투성이가 된 상의를 벗으려다 균형을 잃었다. 잡아줄 사람이 없어 그대로 수미터 아래 강으로 떨어졌다.

강바닥에 쌓인 진흙 덕분에 다친 데는 없었다. 후지이는 목 언저리까지 물에 잠겨 멍하니 현수교를 올려다보았다. 다리와 허리에 뭔가가 부딪친다. 금세 주변이 우글우글, 딱딱한 비늘과 등지느러미가 후지이의 몸을 긁으며 거슬러 올라갔다. 만조를 타고 강 상류로 올라가는 거대한 틸라피아 떼였다. 문득 이 물고기 떼가 앞바다에 떨어진 전우들의 살을 파먹고 그들의 의지를 세포 하나하나에 기억했다가, 자기 몸을 갉아먹기 위해 지금까지 기다렸던 게 아닐까 생각했다. 후지이의 몸에 부딪친 틸라피아 떼는 딱딱한 비늘을 비벼대면서 소용돌이치듯 전진해갔다. 열대성 물고기 떼에게 후지이는 방해물에 지나지 않았다.

강에서 나와 민박집으로 가서 샤워를 하고 이즈미를 깨웠다. 택시로 나하에 도착한 건 한밤중이었다. 첫 비행기가 뜰 때까지 술집을 돌아다니고 24시간 영업하는 찻집에서 시간을 때웠다.

불과 몇 시간 전의 일이 벌써 먼 과거처럼 느껴졌다. 눈을 뜨고 밖을 내다보자 이미 구름에 가려진 창에 섬의 모습은 보이지 않았다.

가노는 섬의 모습을 볼 수 있었을까.

그런 생각을 하니 몸속을 에는 듯한 아픔과 분노가 치솟았다.

'아니, 뭐 하나 끝난 게 없구나. 아직 뭐 하나도.' 후지이는 극심한 피로에 저항하면서 자신을 다독였다. '이제부터 시작이다.' 뭐가? 무엇인지는 자신도 콕 집어 말할 수 없었다. 다만, 설사 가노의 양친이 세상을 떠났다 하더라도 그의 고향집을 찾아가고, 또 자신에게 쏟아졌던 전우들의 증오심에 이제야말로 있는 그대로 맞서지 않으면 안 된다, 하고 그렇게 스스로를 설득했다. 설령 모든 게 헛수고로 끝난다 하더라도.

끊어진 운해 사이로 언뜻 오키나와가 보였다. 마치 짙은 감색 대양(大洋)에 입을 벌린 식충식물처럼 보였다.

동 트기 전의 바다는 고요했다. 세이키치는 모래사장에 조리를 벗어 던지고 바지를 무릎 위까지 말아 올린 다음, 오른손에 뼛조각을 싼 셔츠를 들고 밀려오는 파도 속으로 걸어 들어갔다.

어젯밤 절벽에서 내려온 세이키치는 셔츠를 벗어 파편을 주워 담았다. 아키라가 도우려는 걸 못하게 야단치고 새끼손가락 손톱보다 큰 것은 남김없이 줍고 나니, 달빛에 드러난 부엽토 위에 부스러기가 어지럽게 널려 있었다. 셔츠를 묶어 오른손에 들고 절벽을 올려다보았다. 옆으로 긴 직사각형 구멍은 공허함 그 자체였다.

지금까지 몇 번인가. 만취해 스낵바를 나오면 발길이 닿는 대로 여기까지 와서 홀로 절벽을 올려다보곤 했다. 강변 양쪽으로 오래전 파놓은 풍장터가 줄지어 있는 밤의 하구를 보면 세이키치조차 한번씩 공포에 휩싸였다. 구슬피 우는 운가미는 언제나 직사각형 어둠 속에 하얗게 떠 있었다. 그 모습을 보는 일도, 그 구슬픈 소리를 듣는 일도 두 번 다시 없겠지 하고 생각했다. 파편은 가볍고, 손에 들자 셔츠 속에서 바스락바스락 메마른 소리를 냈다. 셔츠를 손으로 쓸기만 해도 쉬이 바스라졌다.

"가자."

세이키치는 아키라를 데리고 마을 쪽으로 걸어갔다. 현수교를 건널 즈음, 가슴까지 강물에 잠긴 채 눈을 감고 있는 후지이를 보았다. 물에 빠질 정도의 깊이는 아니었다. 빠지든 말든 알 바도 아니었다.

집으로 돌아와 셔츠를 곳간 아무 데나 내려놓고 목욕탕으로 들어갔다. 아키라를 탕으로 불러 등을 씻겨주었다. 혼이 날 줄 알았던 아키라는 긴장을 풀지 못했다. 아직 근육이 덜 발달된 몸을 보면서, 자기가 그 병사와 조우한 것도 딱 요만한 몸집이었을 때라는 생각을 했다. 몸을 씻은 후 시내로 나가서 스낵바를 2차, 3차 옮겨 다니다가 집으로 돌아온 건 날이 밝을 무렵이었다. 상당히 마셨는데 취기도 없고 잠도 오지 않았다. 찬물로 땀을 씻어내고, 벗어놓은 바지 주머니에서 천에 싼 만년필을 꺼내 방에 가져다 놓고 옷을 갈아입었다. 세이키치가 몸에 냉수를 끼얹는 소리에 잠이 깬 미쓰가 차즈케*를 내주었다. 말없이

---

* 따끈한 녹차에 밥을 말아 먹는 간단한 음식.

먹고서 곳간에 두었던 셔츠를 들고 바다로 나갔다.

파도가 정강이를 씻기고 무릎을 적신다. 해변은 이리가미 강 하구의 후미에서 시작되어 동쪽으로 펼쳐져 있다. 아직 개발이 안 된 모래사장이 1킬로미터 이상 이어져, 절벽 밑에 밀생한 아단나무*나 야생 바나나가 초록색 띠를 만들고 있다. 수평선은 북쪽을 향해 펼쳐져 있다. 주황빛과 금빛이 섞인 적란운이 푸르무레한 하늘에 피어올라 오늘도 엄청나게 더운 날씨가 될 것을 예감했다. 세이키치는 바지가 젖는 데도 개의치 않고 물속으로 걸어 들어가 앞바다를 바라보았다. 셔츠를 펴고 하얀 파편을 손에 쥐었다. 세이키치는 힘을 주면 파삭 부서져버리는 그 하얀 뼛조각을 바다에 뿌렸다. 파도 밑에서 어지럽게 춤을 추는 모래와 하나가 된 뼛조각은 썰물에 이끌려 바다로 흩어져갔다. 다시 밀려온 파도에는 거품만이 반짝였다. 셔츠를 접어 허리띠 사이에 끼우고 가슴 쪽 주머니에서 만년필을 꺼냈다. 주운 후 한 번도 사용해보지 못한 만년필은 환한 데서 보니 구형의 보잘것없는 물건에 지나지 않았다. 까맣고 매끄러운 두겁 표면을 쓰다듬으며 K라는 글자를 확인하고는 바다 멀리 던졌다. 있는 힘껏 던졌지만 3미터도 채 나가지 않았다.

모래사장으로 발을 내딛자 벌써부터 모래에 열기가 느껴졌다. 절벽 위 숲에서 말매미의 울음소리가 귀 따갑게 들려오기 시작했다. 조리를 들고 모래를 밟으며 나무 밑으로 가서 땀을 식힌 후, 집에 가기 위해 아단나무 숲길 어귀로 들어섰다.

---

* 아열대 및 열대 바닷가에 분포하는 6미터 정도 높이의 상록수. 밑동에는 기근이 있고 기름한 잎은 가지 끝에서 나선형으로 펼쳐지며 가시가 있다.

그 순간, 세이키치는 문득 걸음을 멈추고 주변을 둘러보았다. 날카로운 가시를 가진 잎 끝이 흔들린다. 푸르름을 더해가는 바다의 산호초 경계선에 부딪치는 파도가 하얗게 빛난다. 불어오는 바람을 타고 넓게 퍼지는 파도 소리와 멀리 메아리치는 매미 소리 사이에 그 소리가 들려왔다. 끊길 듯 말 듯 가늘고 낮게, 바다에서 부는 바람을 타고, 구슬피 우는 소리가 세이키치의 가슴속 구멍으로 흘러든다. 파도 소리가 거세어졌다. 그래도 그 소리는 사라지지 않았다.

오키나와 북 리뷰[*]

* 메도루마 슌이 서평 형식을 빌려 쓴 단편소설.

『오키나와에서 천왕성의 의미는 무엇인가』

오미자 류이치로 지음
아마쿠마 출판 | 1,500엔

　본 서평란도 벌써 일주년을 맞이했다. '독단과 편견은 진리의 어머니'라는 선인의 말을 모토로 삼아 서평 담당자 일동은 앞으로도 더욱 분발할 생각이다.
　이번에 거론할 책은 요즘 오키나와에서 새로운 붐이 일어날 조짐을 보일 뿐만 아니라, 일본 본토에서도 일부 사람들에게 주목받기 시작한 오키나와의 샤먼, 유타*에 대해 색다른 각도에서 조명한 서적이다. 이 책은 유타가 된 지 6년째로, 업계에 새로운 바람을 불러일으키며 일부에서 높은 평가를 받고 있는 오미자 류이치로 씨의 첫 에세이집이다. 저자는 후기에서 '글재주가 없다'고 적었지만, 없기는커녕 평이

---

* 오키나와의 민간 영매. 일상의 길흉이나 온갖 고민 등을 상담해주는 무녀로 생활에 밀접하게 연관되어 있다.

한 어조의 문장에 한자어도 적고 소박한 유머까지 곁들여 어린이부터 노인까지 누구나 즐겨 읽을 수 있다. 또한 태어나서 유타가 되기까지의 반평생 이야기도 있어 오키나와 샤머니즘을 연구하는 전문가에게는 귀중한 연구 자료가 될 것이다.

저자는 어릴 적부터 신기(神氣)가 있다는 소리를 들었고, 초등학교 3학년 때는 등교하다가 용나무에 사는 요괴 기지무나*와 이야기를 나누는 바람에 학교 가는 일을 깜박한 적도 있다고 한다. 아버지에게 '너는 나중에 큰 인물이 되겠다'는 말을 들었던 저자는 '아버지 말씀이 맞았다' 고 「어린 시절의 추억」 편에 쓰고 있다. 유타가 된 것은 스물다섯 살에 치아 치료를 받은 후부터라고 한다. 저자는 어릴 때부터 단것을 좋아해, 중학교 2학년 때는 친구와 얼음과자 많이 먹기 내기를 하다 한꺼번에 열두 개를 먹고 입원한 적도 있었다. 그 후로 늘 치아가 안 좋아 결국 스물다섯 살에 왼쪽 아래 어금니 두 개를 뽑고 의치를 해 넣었는데, 일주일쯤 지나자 '갑자기 전파가 느껴졌다'고 한다. "갑자기 일어난 일이었다. 누가 장난을 치나 하고 주변을 둘러보았지만 아무도 없었다. 속삭이는 소리 역시 입속에서 난 것이었다."

그 이래로 밤낮을 가리지 않고 들려오는 속삭임에 괴로워하다 지친 저자는 오키나와 중부에 있는 어느 병원에 입원하고 만다. 그리고 그 후 몇 번이나 입원과 퇴원을 반복하며 고생고생하다 마침내 그 속삭임의 의미를 깨달았다.

"그것은 천왕성에서 보내는 전파였다. 의치는 바로 수신기였다. 그

---

* 물고기 눈을 먹고 산다는 도깨비의 일종.

사실을 깨닫자 머릿속을 뒤덮고 있던 검은 구름이 걷히며 파란 물방울 무늬의 황금색 용이 빨간 장밋빛 광선 속에서 기쁜 듯이 나는 모습이 보였다. 용은 두 마리였다." 그 이래로 저자는 오키나와 천왕성의 깊은 관계를 설파하며, 고민을 안고 사는 사람들에게 인생의 얽히고설킨 실타래를 근본적으로 풀어주는 일을 자신의 사명으로 받아들였다. 에세이라고 하나 우주와의 깊은 교류를 느끼게 해주는 읽어볼 만한 책이다.

『천황폐하와 오키나와』

오야마 메이도 지음
대일본격류사 오키나와현 본부 | 15,450엔

본서는 오키나와가 낳은 위대한 사상가 오야마 메이도 선생의 탁월한 사상의 정수(精髓)를 집대성한 귀중한 논문집입니다. 오야마 선생이 지금까지 걸어오신 길은 정말이지 파란만장한 생애라 할 만큼 험난하여, 말미에 게재된 저자 연보를 읽어보면 잔파 곶*으로 밀려오는 동지나해의 거센 파도가 이와 같을까 하는 안타까움이 차오릅니다. 읽으면서 뺨을 타고 흐르는 눈물을 몇 번이나 닦았는지 모릅니다.

선생은 메이지 천황이 붕어한 그해 말에 당시 얀바루**라고 불리며 천시받던 북부 구니가미군의 산간벽지 가난한 농가에서 태어나셨습니다. 어릴 적부터 민초들의 비참한 생활상을 보며 마음 아파하던 선생

---

* 동지나해에 면한 오키나와의 곶으로 높이 30미터의 절벽이 약 2킬로미터 이어져 있다.
** 오키나와 섬 북부 지역을 가리키는 속칭.

은 열네 살 때 가족의 빈곤을 해결하고자 관서 지방인 오사카로 나갑니다. 방적공장에서 가혹한 노동을 견뎌내며 열여섯 살에 무산정당*에 입당. 그와 동시에 '관서 재주(在住) 오키나와인의 생활과 권리를 지키는 모임'을 조직하여, 차별적 환경에 있던 오키나와인을 구제하고 권리를 획득하는 데 온몸을 바쳐 헌신하십니다. 그러나 거듭되는 관헌의 검거와 고문으로 심신에 깊은 상처를 입고 어쩔 수 없이 귀향. 고향에서 상처를 치유하면서 '농촌 청년학습회'를 조직. '나라를 만드는 것은 노동자가 아닌 농민이다'라고 갈파하고 '일인일종운동(一人一種運動)'을 전개. 태평양 전쟁 시에는 마을 경방단** 단장 및 영미 격멸 자주 죽창부대 대장으로서 호국을 위해 헌신. 우군과 협력하여 오키나와 방위에 분골쇄신하다 오른쪽 대퇴부에 총상을 입고 포로가 되어 야나 수용소에서 종전을 맞습니다. 수용소 내에서는 오키나와 부흥을 위해 가장 먼저 〈오키나와 매일뉴스〉를 발간. 태평양 전쟁이 끝난 후에는 미군사정권하에서 비합법이었던 '오키나와 진민당' 결성에 참가하여, '적색 촌장'으로서 용감하고 사나운 명성을 떨쳤으나 미군의 탄압을 받고 추방 처분. 경제계로 뛰어들어 '류미(琉米)*** 친선 무역상사'를 세워 크게 성공했으나 '미군기지에서 일어난 뒷거래 담배 유출 사건'에 말려들어 도산함으로써 고난의 시간을 맞이합니다(선생은 그 사건이 억울하게 조작된 것임을 본서에 상술하고 있습니다). 몹시도 힘들고 고생스러운 생활을 견디며 5년, '잇센마치 소매 노동조합 초대위원

---

* 제2차 세계대전 선에 일본에 존재하던 합법적 사회주의 정당의 총칭.
** 당시 공습과 화재로부터 시민을 지키기 위해 조직된 단체.
*** 여기서 '류'는 오키나와의 옛 이름 류큐(琉球)의 앞 글자.

장'에 취임. 그와 동시에 사회대중당에 입당하여 조국복귀운동*에 앞장섭니다. 그러나 선생이 힘을 다해 이루어낸 조국복귀의 해 12월에 일부 간부와의 대립이 격화되어 결국 탈당('이유는 사소한 것이었다'고 서술하신 만큼 지금도 선생은 이 사건에 관해 말을 아끼십니다. 대립하는 상대라도 과도하게 몰아붙이지 않으려는 선생의 너그러움이 표출된 것이라고 생각합니다), 그 후 자유민주당으로 두 번 나하 시의회 의원선거에 입후보하였으나 모두 근소한 차로 낙선. 1982년에 '대일본격류사 오키나와현 본부'를 창설하여 회장에 취임. 현재는 '천황폐하를 오키나와에 초빙하는 모임 회장' '스파이 방지법 절대제정운동 추진 오키나와 주민회의 의장' '자위대와 사이좋게 지내는 어린이회 고문' '일장기·기미가요**에 반대하는 교사에 반대하는 주민회 회장' '착한 어린이 검도교실 일일지도원' 등의 요직을 맡고 계십니다.

각설하고, 본서에서 선생이 가장 열의를 다해 주장하시는 바는 황태자전하의 결혼에 관한 문제입니다. 이미 다 아시다시피 선생은 지금까지 '황태자비를 오키나와 여성으로'라는 주장을 각계에 제기해오셨습니다. 외람되나 선생의 주장을 요약하자면 다음과 같습니다. '우리 오키나와 주민도 똑같이 야마토(大和) 민족이고 천황폐하의 적자

---

* 제2차 세계대전의 종식을 위해 일본과 연합국이 1951년에 평화조약을 맺으면서 오키나와는 미국의 시정권 아래에 놓였다. 이후 오키나와에 대규모의 미군기지가 건설되고, 미군과 섬 주민의 마찰이 심화됨에 따라 1960년 오키나와에서는 조국복귀협의회가 결성되었다. 그리고 미국 통치하에서 일본으로 복귀하고자 하는 운동이 반전·반미군기지 투쟁의 색채를 띠며 본격적으로 시작되었다.
** 1999년에 정식으로 제정된 일본의 국기와 국가. 일부 일본 국민들과 전교조는 군국주의와 침략 전쟁을 일깨운다는 이유로 지금까지 받아들이기를 거부하고 있다.

다. 그렇지만 역사적으로 당해온 재난이 적지 않아 주민 중에는 아직도 그런 자각을 충분히 가지지 못한 자가 있을 뿐만 아니라, 극히 일부에서는 의도적으로 이를 저해하려는 무뢰한들이 있다. 류큐 독립론 같은 몽매한 의견에 단적으로 나타나는 과오에 가득 찬 사상을 일소(一掃)하고 야마토 민족으로서의 확고한 자각과 자신감을 가져 천황폐하의 성려(聖慮)가 오키나와에 널리 미치도록 하자. 그런 의미에서 황태자비가 오키나와에서 간택되길 기원하자.' 선생은 이렇게 호소하고 계신 것입니다.

이와 같은 지극하고 순수한 선생의 호소를 분수도 모른다느니 망령든 노인의 망언이라느니 오키나와의 수치라느니 생각 없는 늙은이라느니 비방하고 중상하는 자들이 거론할 가치도 없을 만큼 극소수 있는데, 무지몽매한 적색분자뿐만 아니라 우익 민족파 중에도 그런 자가 있습니다. 그러나 본서를 일독하시면 그런 자들이야말로 지각없는 인간들임을, 푸른 하늘을 가로지르는 갈색 왕새매처럼 한눈에 알아볼 수 있으리라 생각합니다.

본서는 메이지(明治), 다이쇼(大正), 쇼와(昭和), 헤이세이(平成) 4대에 걸쳐 폐하에 대한 경애와 야마토 민족의 번영, 그리고 온 오키나와 주민의 행복을 위해 살아온 오야마 선생의 사상을 집대성한 책입니다. 오키나와 주민뿐만 아니라 전 인류의 필독서인 본서를 한번 읽어보시길 권합니다.

편집부 및 관계자 여러분께는 지정된 매수를 크게 초과하여 본 서평을 집필한 데 대해 매우 죄송스럽게 생각하며, 넓은 아량으로 이해해주신 점 진심으로 감사드립니다.

『유타, 조용한 기도』

한나 안나 콘나 지음
크리스천 라이브러리 | 1,200엔

책 제목만 보고 현재 오키나와에서 격론을 거듭하고 있는 '유타 논쟁'에 돌을 던지는 책이라고 오해할지 모르나, 이 책은 오키나와에서 생활한 지 32년이 되는 저자가 고향인 미국 유타주에서 보낸 나날을 떠올리며 마음 따뜻해지는 문장으로 서술한 에세이집이다. 경건한 크리스천인 저자는 올해 여든네 살. 안타깝게도 병상에 누워 있지만 하루의 대부분을 성서 읽기, 신도들과의 대화, 그리고 조용히 기도드리며 그때그때 마음속에 떠오르는 지난날의 추억을 기록하는 일로 보낸다고 한다.

저자가 서술한 유타주에서의 추억이란 거의가 어린 시절 이야기다. 강인한 농부였던 아버지의 일하는 모습, 숲에서의 모험, 강에서 즐겼던 송어 낚시. 마치 헤밍웨이의 단편을 읽는 듯한 묘미가 있다. 게다가 이 아름다운 문장이 번역이 아니라 직접 쓴 글이라는 사실을 알고 나는 놀라움을 금치 못했다. 정말이지, 아직도 무슨 소린지 알 수 없는 일본어를 태연히 쓰는 오키나와 지식인들에게, 저자의 손톱 때라도 달여 먹이고 싶을 만큼 알기 쉽게 표현된 문장이다.

저자가 오키나와를 방문한 것은 쉰두 살 때였다. 오키나와 전투에 참전한 조카로부터 오키나와의 비참한 전투 상황과 사람들의 생활상을 듣고 포교활동에 대한 사명감에 불타게 된 것이 계기였다. 유타 주의 모르몬교 교회에서 요직을 맡고 있었지만, 저자는 주위의 반대를 무릅쓰고 홀로 오키나와로 떠난다. 그 후 오키나와 중부의 한 교회를 거점으로 '자전거 아메리카'라는 애칭으로 불리면서 포교활동에 심혈을 기울이는데, 저자에게 가장 큰 벽이자 끝까지 이해할 수 없었던 존재는 이웃에 사는 유타 할머니였다. 실제로 많은 사람들이 자기 교회보다 이웃 할머니를 찾는 게 저자에게는 큰 충격이었는지 한동안 '원시 종교 연구에 몰두한' 적도 있는 모양인데, 그래도 끝끝내 이해의 도를 넘지 못해 '진짜 신을 모르는 불행'에 대한 탄식이 엿보이기도 한다. 그러나 그것도 잠시뿐, 타향에서의 고난에 찬 포교활동이 이제는 아름다운 추억으로 바뀌어 저자의 마음은 더없는 행복으로 가득차 있다. 즐거웠던 고향에서의 나날처럼, 사람은 늙으면 어린 시절의 모습으로 돌아가 신의 품에 안기는 것인지도 모르겠다.

이 책을 통해 조용한 기도가 가져다주는 평안을 많은 사람들이 맛보길 바란다.

『오키나와에서 천왕성의 의미는 무엇인가 Part2』

오미자 류이치로 지음
아마쿠마 출판 | 1,500엔

출간 이후 오키나와에 일대 센세이션을 불러일으킨 『오키나와에서 천왕성의 의미는 무엇인가』의 후편이 나왔다. 기록적인 베스트셀러가 된 전작에 이어, 본서도 발매 전부터 예약 주문이 쇄도하여 현내(縣內)에 있는 모든 서점에서 발매 일주일 만에 책이 품절되는 사태가 벌어졌다.

머리말에서 저자는 전편을 둘러싼 논쟁에 대한 솔직한 감상을 이렇게 서술했다.

"하룻밤 사이에 나는 시대의 총아가 되었다. 정말 놀라웠다. 우리 집 작은 마당은 방황하는 어린 용들로 가득 찼다. 나는 녹차와 흑사탕을 준비하면서 감동으로 흘러내리는 눈물을 참을 길이 없었다." 이런 순수하고 여린 인품이, 삭막한 사회 속에서 애정에 굶주린 사람들을 끌어당기는 것인지도 모르겠다. 그렇지 않다면 이런 책이 이다지도 사람들을 열광시킬 이유가 없다. 그건 그렇고 요 몇 개월 동안 저자는 자신의 설에 깊이를 더하기 위해 상당한 연구를 한 것으로 보인다. 한자어도 늘었다. 그러나 서평을 하는 사람으로서, 왜 천왕성이어야 하는지는 역시 잘 모르겠다. 애당초 이유 같은 건 없었는지도 모른다. 하지만 저자에게는 천왕성에서 온 메시지가 틀림없이 존재하고, 더구나 그 메시지를 믿는 사람들은 비약적으로 늘어나고 있다. 요즘은 저자의 제자라고 사칭하는 사람까지도 나타나, 도쿄나 오사카 같은 대도시권을 중심으로 널리 퍼져나가는 상황이다. 이것을 오컬트 붐을 탄 일시적인 현상으로 간주하느냐, 아니면 오키나와 샤머니즘의 새로운 전개로 간주하느냐를 판단하는 것은 아직 시기상조이리라. 하지만 저자의 언동이 사회적으로 상당한 영향력을 갖기 시작한 오늘날, 연구자를 포함한 오키나와의 지식인들이 지금처럼 코웃음 치거나 방관하는 듯한 태만한 자세로 일관하는 건 용납할 수 없다. 이 책에 대한 분석이나 비평이 여러 각도에서 시도되어야 한다. 시시껄렁하다는 말 한 마디로 묵살하기는 쉽다. 그러나 이 책이 초래한 반향의 크기에 좀 더 겸허한 자세로 주목할 필요가 있다.

『오키나와의 심령 빙의 연구』

사쿠라이 기쿠타로 지음
풍류서점 | 4,800엔

최근 벌어지고 있는 유타 논쟁의 과열현상에 종종 고개를 갸웃거리게 됨은 나만이 아니겠지만, 정말이지 충분한 조사나 과학적인 근거도 없이 주관적으로 발언하거나 발표하는 논문이 너무 많다는 우려를 지울 수가 없다.

이러한 시점에 쇼와 시대 명작 복각 시리즈의 하나로, 사쿠라이 선생의 『오키나와의 심령 빙의 연구』가 다시 출판됨은 참으로 시기적절한 일이라고 반기는 사람이 많을 것이다.

선생은 쇼와 초기에 류큐 제도 북부에 있는 아마미에서 오키나와 본도, 남단에 위치한 미야코·야에야마 제도까지 폭넓게 답사하여, 200명 이상에 달하는 유타나 노로*, 간카카랴**, 쓰카사***로부터 청취한 내용을 정리했다. 구체적인 내용은 교토 문화예술 종합대학 민속학 연구실에서 편집한 『사쿠라이 기쿠타로 선생 연구 노트·남서제도****농어촌의 생활과 신앙』으로 이미 보고된 바 있는데, 당시의 유타나 노로들의 의식이나 가요, 제사 형식이 상세하게 기록되어 귀중한 연구자료로써 높은 평가를 받고 있음은 주지의 사실이다.

  이 책은 그중에서도 특히 오키나와에서 가미다리*****라고 불리는 현상에 초점을 맞추어 고찰했다. 세간에서 석학이라고 일컬어지는 사람은 적지 않지만, 선생처럼 일본뿐 아니라 아시아 전역을 직접 자기 발로 뛰어다니며 현장 조사를 한 사람은 없을 것이다. 풍부한 학식에다 폭넓은 조사를 바탕으로 '가미다리' 현상을 아시아 각 지역 샤먼의 접신상태와 비교하며 공통성과 독자성을 분석했다.

  하여튼 유타를 둘러싼 논쟁이 활발해지는 한편으로 유타의 모습은 보기 힘들어지는 요즘, 이 책에서 얻는 바가 적지 않음은 말할 나위가 없다. 또한 유타 문제를 원점으로 돌아가서 다시 생각해보는 계기가 될 것임을 믿어 의심치 않는 사람은 나만이 아니리라.

---

* 오키나와 각 지역에서 제사를 주관하는 여사제.
** 오키나와에서 샤머니즘이 가장 뿌리 깊은 미야코 섬의 무당.
*** 미야코·야에야마 제도의 여사제.
**** 일본 규슈 남단에서 타이완 사이에 호(弧) 모양으로 배열된 열도.
***** 유타가 되는 사람들이 겪는 정신적, 육체적 시련을 뜻하는 말.

『황태자전하, 오키나와의 사위가 되면 안 되나』

오야마 메이도 지음
대일본격류사 오키나와현 본부 | 2,300엔

본서는 얼마 전 발표되어 큰 호평을 받은 바 있는 오야마 메이도 선생의 저서『천황폐하와 오키나와』에서 특히 글로리아 태풍* 급으로 생각될 만큼 대단한 공감의 회오리바람을 불러일으킨, '황태자비를 오키나와 여성으로'라는 주장을 많은 사람들이 이해할 수 있도록 더 자세하고 알기 쉽게 고쳐 쓴 오키나와 주민을 위한 필독서입니다. 이미 대일본격류사 오키나와현 본부의 기관지『아시아의 새벽』에서 오키나와 민족 여러 파와 주고받았던 대대적인 논쟁으로 선생의 주장이 정당하다는 것은 청천백일하에 증명되었습니다만, 아직까지도 일부 무뢰배들은 패배를 깨끗이 인정하지 못하고 중상과 비방을 되풀이하

---

* 1949년 오키나와를 직격한 태풍. 수많은 집과 건물이 파괴되었으며 치넨 지역에 있던 오키나와 민간정부가 나하로 이전할 만큼 피해가 컸다.

고 있습니다. 그러나 들고 다니기 간편하고 장정이 우아한 본서가 널리 거리에 퍼져서 주민 여러분의 손에 전달된다면, 옳고 그름은 저절로 판가름 날 것입니다. 실로 시비를 올바르게 가릴 줄 아는 사람은 언제나 일반 주민들이며, 정의는 반드시 이깁니다.

여기에 감히 천학비재(淺學非才)인 제가 본서의 일부를 소개하자면 다음과 같습니다. "오키나와는 그 역사적 특수성으로 말미암아, 야마토 민족의 피를 이어받아 천황폐하의 품에 안겨 있으면서도 아직까지 잘못된 열등감에 사로잡혀 진정한 주체성을 확립하지 못하는 경향을 보인다. 몇 해 전 니시메현의 아무개 전 지사가 구설수에 올랐던 '본토 사람이 되고 싶지만 될 수 없는 오키나와인 운운' 발언은 바로 그 전형이라고 할 수 있다. 부끄럽게도 한 현의 지사라는 사람이 그와 같은 발언을 했다는 것은, 우리 오키나와 주민 내부에 잔존하는 열등감이 얼마나 깊은지를 보여주고도 남는다. 근본적인 문제를 극복하지 않고서는 미래를 짊어질 오키나와 청소년의 건전한 육성은 이루어질 수 없다." 이런 생각을 하신 선생이 도달한 결론이 '황태자비를 오키나와 여성으로'인 것입니다. 최근 몇 년간 소위 사진주간지, 여성주간지를 표방한 저속하기 짝이 없는 삼류잡지에 '황태자전하의 비 간택'이라는 기사가 호들갑스럽게 다루어지고 있습니다. 송구스럽게도 황실에 대한 경애심을 잃어버린 듯한 그런 매스컴의 소행에는 분노하지 않을 수 없습니다만, 그건 그렇다 치더라도 허다하게 거론되는 '황태자비 후보' 중에 우리 오키나와 여성의 이름이 하나도 없음은 어떤 이유에서일까요? 우리 오키나와 여성이 '황태자비'에 어울리지 않는다는 말인가요? 말도 안 되는 소리입니다. 혈통, 가문, 자태, 성격 어떤 것을 봐도 황태자비에 어울리는 여성은 오키나와에도 얼마든지 있습니다. 우리 오키나와 여성의 그윽함과 내면에 깃들어 있는 뜨거운 정열, 그리고 건강한 몸과 근면성은 세계적으로 유명합니다. 이러한 오키나와 여성이야말로 참된 일본의 여성상일 것입니다. 이렇게 훌륭한 오키나와 여성이 황태자비 후보에 어울리지 않는다는 말은 가당치도 않습니다. 물론 우리의 주장이 월권행위라는 것은 잘 알고 있습니다. '황태자비'를 선정할 때는 황실의 전범(典範) 및 일본 전통에 따르는 많은 절차가 있다는 것도, 무엇보다도 황태자전하 당신의 의사를 존중해야 한다는 것도 마음 깊이 새기고 있습니다. 그러나 이렇게 해서라도 굳이 우리는 외치지 않을 수 없습니다. '황태자전하에게 오키나와 신부를! 황태자전하를 오키나와의 사위로!' 만약 이 일이 실현된다면 오키나와 주민의 열등감은 뿌리째 제거되어 야마토 민족으로서의 자긍심을 가지고, 대동아 신질서의 재흥을 위해 목숨을 다해 분골쇄신 노력할 것입니다. 그때야말로 오키나와의 전후(戰後)는 진정으로 끝났다고 할 수 있을 것입니다.

돌이켜보면 오키나와의 역사는 고난의 역사였습니다. 특히 메이지 이후 오키나와 주민은 야마토 민족으로서의 자긍심을 되찾기 위해 노력에 노력을 거듭해, 태평양 전쟁 시에는 천황폐하의 사랑하는 백성으로서 수많은 주민이 목숨을 바쳤습니다. 특히 어린 나이에 몸과 목숨을 나라에 바친 순결무구한 히메유리 종군 간호사들이나 철혈근황대 남자 학도병들의 순국미담은 지금도 우리가 자랑하는 소중한 역사입니다. 그런 생각을 하면서 이 책을 다 읽은 저는 흐르는 눈물을 멈출 수가 없었습니다.

본서는 오키나와인들이 야마토 민족으로서의 자긍심을 갖기 바라는 마음으로 오야마 선생이 심혈을 기울여 쓴 비원(悲願)의 글이자, 전 주민에게 보내는 열렬한 호소의 글입니다. 본서를 일독하신다면 일부 몰지각한 인사들이 선생에게 했던 말, 즉 고장난 모터, 깨진 초롱, 시대착오적인 극우반동 여성차별주의자, 머저리 같은 인간 등의 근거 없는 비난이 하늘에 침을 뱉는 행위이며 그들이야말로 머저리 같은 인간임을 대양을 헤엄치는 한 마리의 듀공* 처럼 단번에 알 수 있을 것입니다.

오키나와를 누구보다 진심으로 사랑하는 오야마 메이도 선생의 감동의 글을 한번 읽어보시길!

또한 본 서평을 집필하는 데 있어서 지정된 매수를 크게 초과했음에도 불구하고 양해해주신 점, 관계자 여러분에게 감사드리며 앞으로는 이런 일이 없도록 깊이 반성하겠습니다.

---

* 몸길이 3미터 정도의 바다소와 비슷한 해양 포유동물.

『신 오키나와 평론』 97호 특집—유타 논쟁

오키나와 매일 타임스 | 1,000엔

오키나와를 대표하는 '문화와 사상의 종합지'라는 평판이 자자한 『신 오키나와 평론』의 발간 역사에서 볼 때 이번 호는 기념비적이다. 현재 오키나와에서 대대적인 논쟁을 불러일으키고 있는 유타 문제에 대해 각계의 신예들이 한껏 건필을 휘두르고 있는 가운데, 종래의 정설, 통설을 단번에 뒤집는 파워로 사상계 양산박의 호걸들이 모였다고나 할까.

특히 현재 설왕설래 중인 2대 논쟁(말할 필요도 없이 유타 논쟁과 '황태자를 오키나와 사위로' 논쟁)의 중심인물인 오미자 류이치로 씨와 오야마 메이도 씨 두 사람을 초대한 좌담회 「방황하는 신들—유타 문제와 천황제」는 포복절도할 폭소감이다. 필자가 이만큼 웃은 건 열 살 때 〈제스처〉 텔레비전 프로그램에서 '짜고 시어빠진 매실장아찌를 먹고 떨떠름한 표정을 짓는 숙취 문어'를 연기한 야나기야 긴고로*를 본 이후 처음 있는 일이다. 여기에 그 내용을 적는 건 촌스러운 행동이다. 아무튼 사서 읽어보기 바란다는 말밖에 할 말이 없다.

그밖에도 의미 있는 기획이 가득하다. 치넨 유코의 「나하 공설시장의 돼지고기 매상과 유타 증감」은 류큐 대학의 젊은 연구원들이 쓴 연구보고서로, 장기간에 걸친 조사와 면밀한 자료검증을 통해 밝혀낸 의외의 사실에 배울 점이 많다. 특히 간과 귓불 매상이 남자 유타의 증감과 깊은 관계가 있다는 보고는 놀랍다. 고치 마사고의 「유타와 가라테」는 지금까지 중국 권법의 영향을 강하게 받아 완성되었다는 게 통설이던 오키나와 가라테의 동작과 기법에, 예로부터 내려온 오키나와의 샤머니즘이나 유타의 영향이 엿보인다는 획기적인 설을 내놓았다. 나가하마 노보루의 「유타가 냉전 종결 후의 국제정세에 미치는 영향」은 오늘날의 유타 논쟁을 국제정치의 동향 속에서 파악하려는, 스케일이 큰 논문이다. 그 외에 오야마 메이도 씨와 오미자 류이치로 씨의 성장과정과 사상·운동을 논한 가와이 다이스케의 「난무하는 야마토 국수주의와 유타 국수주의」, 일본의 고대문학과 유타의 관계를 논한 이시하라 쓰네오의 「유타와 선녀 전설」, 나하 시의 가이난 버스정류장 근처에서 40여 년간 유타로 살아온 나칸다카리 가메 씨의 에세이 「유타의 수다」, 작년에 야마노구치 바쿠** 상을 수상한 이라미나 겐타로의 장편 서사시 「하늘을 나는 유타」 등 박력 있는 작품 천지다.

『신 오키나와 평론』이 종래의 지면을 일신하여 이와 같이 다양한

---

* 대머리가 콘셉트였던 일본의 희극인.
** 오키나와 출신의 시인.

내용을 실은 것은 지혜롭고 용기 있는 결단이라고 할 만하다. 지금까지 '딱딱하다, 무겁다, 어둡다'라는 삼박자를 맞춰오다가(그것은 그것대로 이 시대에 소중한 편집방침이긴 하지만) 갑자기 방침을 바꾼 것은 편집장 K씨가 갑자기 신이 내리는 '가미다리' 증상을 경험한 데 그 이유가 있는 듯하다. 다음 호부터는 새로운 편집장 밑에서 견실한 노선으로 돌아간다고 하니 아쉬움이 남기도 한다. 아무튼 장기간의 부수 감소로 폐간 풍문이 돌기도 한 『신 오키나와 평론』이 이번 호를 계기로 활력을 되찾기 바란다.

『아무도 쓰지 않았던 쓸데없는 참견』

세키 마고로쿠 지음
표생사 | 1,800엔

상대방의 내면으로 파고들되 결코 내 목이 졸릴 일은 하지 말자. 이것을 모든 판단의 핵심으로 삼고 관철시키며 살아온 세키 씨는 여생을 보낼 곳으로 정한 오키나와에 끊임없는 관심을 기울이고 있다.

세키 씨는 복귀투쟁을 돕기 위해 종종 본토에서 노조임원 자격으로 오키나와를 찾다 결국 오키나와에 깊이 매료되어 직장을 그만두고 이주했다. 현재는 북부의 산촌에서 자급자족 생활을 하며 지역의 문화 활동에 공헌하고 있는데, 이 책은 세키 씨가 지역을 위해 활동하다 직면한 오키나와의 문제점을 진지한 필치로 분석한 것이다. 예리한 비평의식이 뒷받침된 혜안으로 많은 문제점을 도마 위에 올려놓고, 그 문제들을 단순히 개별적인 문제로 다루지 않고 근저에 흐르고 있는 오키나와의 병근(病根)에까지 깊이 파고든다.

이 책에서 세키 씨가 가장 주목하며 문제로 삼고 있는 화두는 현재 오키나와에서 벌어지고 있는 2대 논쟁, 즉 '유타 논쟁'과 '황태자를 오키나와 사위로' 논쟁이다.

오미자 류이치로 씨의 『오키나와에서 천왕성의 의미는 무엇인가』 발표로 야기된 '유타 논쟁'에 관해서는, 이미 오키나와의 신문이나 잡지에서도 특집으로 편성하거나 자료집을 낸 바 있다. 오야마 메이도 씨의 '황태자를 오키나와 사위로' 논쟁은 유타 논쟁만큼 확대되지는 않았으나 일부에서는 폭력사건이 일어날 정도로 과열양상을 띤다. 그러나 양자 간의 관련성을 규명하고 그 근저에 깔린 오키나와의 문제를 근본까지 깊이 캐어 연구하려는 시도는 유감스럽게도 보이지 않는다. 아니, 오히려 종래의 지식 범위에서 한 발짝도 벗어나려 하지 않는 대부분의 오키나와 지식인들은 다룰 만한 가치도 없는 문제라고 무시하는 경향마저 보인다. 반면 세키 씨는 이러한 지적 태만과 비평의식의 결여를 무엇보다 개탄하고 있다.

이 두 가지 문제에는 현재 오키나와가 안고 있는 정신적·사상적 위기가 단적으로 드러나 있다고 세키 씨는 지적한다. "메이지 이후의 근대화, 즉 야마토화가 초래한 오키나와 주민의 정체성 위기는 한편으로는 옛날 호시절이던 오키나와 공동체로의 회귀로 나타나고, 다른 한편으로는 천황제라는 겉으로만 그럴싸한 공동체에 대한 의존으로 나타나고 있다. 그러나 어느 쪽도 어차피 도착(倒錯)에 지나지 않는다. 이미 '공동체'는 사멸로 치닫고 있고, 황태자비에 오키나와 여성을 거론하지 않는 것은 은밀하게 감추고 있던 오키나와에 대한 차별이 드러나는 것이다. 사실 오키나와인뿐만 아니라 재일한국인이나 중국인, 아이누족* 여성이 '황태자비 후보'로 선정된다 해도 잘못된 일이라고 반대할 수는 없을 것이다." 세키 씨는 이렇게 서술한 후 현재 일본 전체에 만연한 깊은 허무주의와 막연한 불안, 그리고 내부 모순이 점점 심해지는 일본의 독점 자본주의가 어떻게 이 위기를 극복할 것인가 하는 관점에서 그 문제들을 되짚어보고 있다.

이 책에서 세키 씨는 '천황 강약 반복설'을 주장한다. 메이지 천황과 다이쇼 천황, 쇼와 천황과 현 헤이세이 천황과의 관계에는 많은 유사점이 있다는 것이다. 오해가 없기를 바라는 마음으로 정리해보면, 이 양자의 관계는 위대한 아버지와 약한 아들, 혹은 그 반대 형태로 반복되는데, 위대한 아버지 시대에 흥륭했다가 피폐해진 일본 민족의 에너지는 약한 아들 시대에 난숙했다가 쇠락하여 소멸 위기를 맞이하고, 또다시 위대한 아버지를 낳음으로써 부활한다는 것이다. 메이지에서 헤이세이에 이르는 근대 천황제하의 일본 역사는 그러했다. 그렇다면 현재의 일본은 어느 시기에 해당할까? 세키 씨는 지금의 우익이나 보수정치가들이 현 황태자에게 기대하는 바가 크다고 판단한다. "정치·경제에서부터 국민생활 전반에 이르기까지 부패와 타락이 심해지고 폐색감이 만연하고 있다. 그런 가운데 일본의 독점 자본가, 관료, 보수정치가의 주류는 블록화되어가는 국제정치·경제의 동향에 입각하여 일본을 중심으로 한 동아시아의 정치·경제·군사 전반에 걸친 단결을 강화하자는, 즉 새로운 대동아 공영권을 구상하고 있다.

---

* 홋카이도에 사는 소수 민족. 근대 이후 일본 정부는 홋카이도 원주민인 아이누족을 일본인으로 동화시키고자 그들의 전통 생활 양식을 금지시켰으며, 홋카이도를 개척하는 과정에서 강제 이주, 토지 약탈 등을 자행했다.

이들은 일본 내에서의 정신적 유대를 강화하기 위해 또다시 천황제를 이용하려고 하는데, 그러기 위해서는 헌법을 옹호하며 자유주의적인 태도를 보이는 현재의 천황보다 황태자에 대한 기대가 커질 수밖에 없다. 하지만 만사가 그렇게 순조롭게 진척되지는 않을 것이다. 왜냐하면 국내에서 천황제를 강화하면 아시아 각국의 경계와 반발을 사지 않을 수 없기 때문이다. 게다가 끊임없이 차별화를 통해 상품의 부가가치를 높여야 하는 자본주의의 경제구조와 대중매체의 발달이 '국민'의 가치관을 다양화하고 복잡하게 만들었기 때문에 천황제 이데올로기의 침투는 쉽지 않다. 따라서 이런 상황에 탄생하는 천황은 위대하기를 바라지만 그럴 수 없는 딜레마 속에서 애매한 형태를 띠지 않을 수 없다. 구체적인 모습은 아직 예측 불가능하지만, 굳이 예를 들자면 나가시마 시게오와 왕정치*를 잇는 위대한 4번 타자가 되길 바랬지만 그러지 못했던 요미우리 자이언츠 팀의 하라 다쓰노리** 같은 존재에 가깝다고나 할까."

이런 관점에서 오야마 씨의 발언을 돌이켜보면 그 발언은 사실 '천황 및 일본 지배자 계급의 급소를 찌르고 있다'고 세키 씨는 지적한다. "이 시대에 황태자가 '위대한 천황'이 되기 위해서는 오키나와의 사위로 그칠 게 아니라 필리핀이나 인도네시아, 중국, 즉 아시아 각국에서도 신부를 얻어야 한다. 그렇게 해야 비로소 황태자는 아시아 각국의 반발을 사는 일 없이 국내에서의 영향력을 확장시킬 수 있다. 하지만 현실적인 가능성은 제로에 가깝다. 그렇다면 앞으로 대체 어떻

---

* 둘 다 일본 프로야구 요미우리 자이언츠 팀 출신의 전설적인 타자.
** 요미우리 자이언츠의 4번 타자를 거쳐 2012년 현재 팀의 감독을 맡고 있다.

게 될 것인가. 황태자의 결정에 따라 일본의 진로도 크게 바뀌게 될 텐데 오리무중은커녕 십리무중, 백리무중이다. 여기에 유타교를 비롯한 오컬트적인 신흥종교가 만연하는 원인이 있다. 특히 오미자 류이치로 씨가 결성한 유타교단은, 다른 신흥종교에 비해 교주와 신자, 또는 신자간의 결합이 매우 유연하다. 오미자 씨의 경우는 교주라고 불러도 될지 망설여질 정도이다."세키 씨는 이런 유연한 유대관계가 경이적인 인기를 받쳐주고 있는 건 틀림없는 사실이나, 일부 젊은 간부들 사이에서 '오미자 류이치로 씨는 살아 있는 신(神)'이라는 등 급진적인 움직임도 나타나고 있음을 언급한다. 또한 오미자 씨 스스로가 앞서의 오야마 메이도 씨와의 논쟁에서 '유타교'를 국교로 하는 '류큐 독립론'을 내세우는 등 새로운 주장을 전개하고 있다는 점에도 주의를 환기시킨다. 오키나와를 석권하고 일본 본토와 아시아 각국으로, 아니 남미나 유럽으로 이민 간 사람들과 그 2세, 3세를 매개로 하여 세계로까지 뻗어나가고 있는 유타교를 일본의 공안 관계자도 주목하기 시작했으며, 만일 유타교가 앞으로도 계속 확장되어 유타교 운동에 내적인 변화가 생길 경우, 언젠가는 일본의 천황제와도 긴장관계가 형성될 수밖에 없다.

우리는 지금 도대체 어떤 시대를 살고 있는 것일까? 대다수 사람들이 장래에 대한 불안을 안고 있으면서도 하루하루의 삶에 쫓겨 시대의 흐름에 떠밀려간다. 오키나와 사람들이 낙천적이고 적당주의로 살아간다는 말은 한쪽으로 치우친 견해에 지나지 않는다. 오히려 오키나와이기 때문에 첨예한 형태로 불안이 나타나는 게 아닐까? 이 책을 읽으면서 그런 생각을 해봤다. 다소 구시대적인 우익용어나 생경한 문장에 저항감을 느끼는 사람도 있겠지만, 현재의 오키나와 문제를 생각하는 데 있어서는 시사하는 바가 큰 책이다.

『유타가 소혹성 M-26으로 돌아갈 때,
환상의 아틀란티스는 되살아난다』

미소라 유진 지음
MJ 출판 | 1,600엔

아는 편집자로부터 '너밖에 없어'라는 말과 함께 책을 받은 순간, 등줄기에 식은땀이 흘렀다. 밤을 새워서 읽은 지금도 막상 펜을 잡긴 했지만 막막하기만 하다.

저자는 조만간 『뉴스위크』의 표지모델로 등장한다는 소문이 있는 오미자 류이치로 씨의 못난 제자라고 하는데, 솔직히 이 책에서 무슨 말을 하고 싶은 건지 잘 모르겠다.

이해할 수 있는 범위 내에서 말하자면, 'S. K. 쿤의 소설 『은하제국 시리즈·소혹성 M-26을 파괴하라』에서 주인공인 위대한 신(神) 페르난도가 전파 중계기지 건설을 위해 소혹성 M-26으로 향하는 것은 실은 일본 정부가 천왕성에서 오미자 류이치로 씨에게 보내는 메시지를 훔쳐내기 위함이다'라고 하고 싶은 것 같다. 그리고 일본 정부가 그 메시지를 훔치려는 이유는 정부 중추부에 비밀리에 숨어든 아틀란티스 대륙의 자손들이 메시지에 숨겨진 아틀란티스 재흥의 암호를 알아내려 하기 때문이라고 한다. 더구나 아틀란티스의 자손들은 몇 그룹으로 나뉘어 암호를 손에 넣기 위해 피비린내 나는 암투를 벌이고 있다는데, 크게 유대인 자본과 미국 CIA 및 이스라엘의 모사드가 결합된 그룹, 바티칸과 구소련의 KGB 잔당 및 중국의 하카(客家)계* 공산당 간부가 결합된 그룹, 그리고 일본을 중심으로 활동한 옛 홍콩의 청방** 및 류큐 왕조 내부에 존재했다고 하는(?) 남파(南派) 소림사계의 비밀조직, 이 세 그룹으로 분류된다고 한다. 그 외에도 프리메이슨, KKK, 일본 노인클럽*** 연합회 내부의 구(舊) 상하이 특무기관 그룹, 내각 조사실, 우익, 신좌익, 기타 세계의 온갖 첩보기관과 밀사조직이 뒤섞여 메시지에 숨겨진 정보를 얻으려고 암약하고 있다는 것이다. 세계 각국의 여러 기관에 대한 정보를 비롯해 모략의 역사, 군사무기, 정치·경제·사회 문제 전반에 걸친 잡다한 지식의 양에는 감탄하지 않을 수 없지만 서평을 하는 사람으로서 가진 소박한 의문은 저자가 S. K. 쿤의 소설을 실화라고 착각하는 건 아닌가 하는 점이다. 두말할 나위도 없이 S. K. 쿤의 『은하제국 시리즈·소혹성 M-26을 파괴하라』는 픽션이다. 천왕성에서 보내는 메시지를 지구에 전달하기 위한 소혹성의 중계기지 같은 건 없다.

---

* 주로 중국의 광동 북부에 거주하는 한족의 일파. 종족 결속력이 강하며 재외 화교 중 다수를 차지한다.
** 20세기 초 중국 상하이를 중심으로 활동한 범죄조직. 기업, 우파 정치인들과 손잡고 노동조합과 공산당 숙청에 동원되기도 했다.
*** 제2차 세계대전 패전 후 노인들이 스스로 역할을 찾기 위해 조직한 자주적 단체. 현재 회원 수가 수백만에 이르며 지역사회를 기반으로 한 자원봉사가 주된 활동이다.

이 사실을 모르는 듯하니 너무나 안타까운 재능의 낭비라고밖에는 표현할 길이 없다.

『미 국방부 비밀 보고—Y12의 수수께끼』

찰리 시마부쿠로 지음
보더리스 출판 | 1,700엔

  이 책은, 올 7월 텔레비전에 방송돼 큰 반향을 불러일으킨 다큐멘터리 〈오키나와 가데나 미군기지에 외계인의 사체가〉의 내용을 더욱 자세하게, 방송에서는 너무나 충격적이라 공개하지 못했던 부분을 포함하여 놀랄 만한 사실의 전모를 폭로하고 있다.

  사건은 작년 여름 미국의 뉴멕시코 주 공군기지 근방에서 UFO가 자주 목격되면서부터 시작된다. 오키나와인 2세 기자 찰리 시마부쿠로는 취재차 찾아간 그곳에서 지역 주민과 기지 관계자로부터, 독립기념일인 7월 4일 밤 공군기지 서북부 사막지대에서 폭발사고가 발생했다는 말을 듣는다. 그에 따라 기지 내에서는 긴급출동 태세가 갖춰졌을 뿐만 아니라, 지역주민에게도 외출금지 명령이 내려지는 등 날이 밝을 때까지 삼엄한 경계 태세에 돌입했다는 것이다. 이런 소동은 그다음 날에도 이어졌으나 주민들에게는 자세한 사정이 일절 알려지지 않았고, 매스컴도 아무런 보도를 하지 않았다. 그래서 일부에서는 핵폭발사고라는 소문도 돌았다. 환경보호 단체나 주민대표가 공군기지에 사실 관계를 밝히라고 요구했으나, 훈련 중 일어난 사고라는 설명밖에는 하지 않았다. UFO가 빈번하게 목격된 것은 그런 사건이 있은 직후였다. 계속 취재에 매달리던 찰리는 어느 소식통으로부터 200쪽에 달하는 파일을 입수한다. 미 국방부의 극비문서로 지정된 그 파일에는 놀랄 만한 사실이 기록돼 있었다.

7월 4일의 사고는 실은 UFO 추락사고로, 미군은 파손된 아담스키형 우주선과, 두 구의 외계인 시체를 수습했고 살아 있는 외계인도 한 사람(?) 잡았다는 것이다. 미국 정부는 즉각 비밀리에 특별위원회를 설치하고 매스컴에 정보가 누출되지 않도록 대책을 강구하며 사실 은폐에 전력을 기울였다. 한편 살아남은 외계인과 대화를 시도한 위원회 학자들은 마침내 의사소통에 성공하여 안전한 귀환과 우주선의 수리를 보장하고 그들의 목적을 알아냈다.

외계인들의 목적은 오키나와에 사는 어떤 인물과 만나는 것이었다. 그 인물의 이름은 외계인도 모르고 있었는데, 어쨌든 외계인은 자신을 오키나와로 데려다달라고 요구했다. 어떤 발신을 보내면 그 남자가 틀림없이 자기를 찾아오리라는 주장이었다. 그 남자와 만나는 일에 어떤 의미가 있는지에 대해서는 완강하게 입을 다물었다. 미국 정부 내에서 격렬한 논쟁이 오갔지만 최종적으로는 외계인의 요구를 받아들이기로 했다. 그리하여 미 공군 정예 파일럿들이 조종하는 F15기의 엄중한 호위를 받으며 외계인은 괌의 앤더슨 기지를 경유하여 오키나와의 가데나 공군기지로 무사히 이송되었다. 그러나 지구의 의료 기술로는 치료할 수 없는 부상을 입은 데다가, 아무것도 입에 대지 않았던 외계인은 도착 몇 시간 만에 죽고 말았다. 수수께끼 남자와의 대면은 결국 성사되지 못했다. 그 남자를 찾는 단서는 외계인이 죽기 전에 남긴 'YUTA'라는 메시지뿐이었다. 대통령을 최고 책임자로 하고 정부고관과 각 분야를 대표하는 학자들로 구성된 열두 명의 특별위원회는 그 머리글자를 따 'Y12'라고 명명되었다. 현재도 사실 규명과 UFO와의 교신 시도, 앞으로 예상되는 사태에 대한 대책 등을 논의하며 각종 공작을 펴고 있다.

파일의 내용은 대충 이러했다. 이 사실을 공표한 뒤부터 찰리는 협박이나 총격을 받는 사건이 잇달아, 신변의 위협도 피하고 취재도 계속할 겸 부모의 고향인 오키나와로 떠난다. 그리고 가데나 기지에 아직도 외계인의 사체가 보존되어 있음을 밝혀내고, 외계인이 마지막에 남긴 'YUTA'라는 말이 오키나와의 샤먼인 '유타'일 것이라고 추측한다. 도대체 그 '유타'는 누구를 가리키는 것일까? 그 '유타'와 외계인 사이에는 무엇이 숨겨져 있는 것일까?

이 책에는 UFO가 추락한 직후의 현장 사진과 뉴멕시코 주 기지 내에 보존되어 있다는 외계인의 사진까지 실려 있다. 극비문서인 파일을 어떤 형태로 입수했는지는 제공자의 안전을 보장하기 위해 밝힐 수 없다는 게 신빙성을 떨어뜨리긴 하지만, 만약 이 책의 내용이 사실이라면 놀랄 만한 일이 아닐 수 없다. 당연히 일본 정부도 미국 정부 및 미군에 사실 여부를 확인해야 한다. 텔레비전 방송 후의 반향이 커, 벌써 현 내에서는 찰리 시마부쿠로의 친척인 시마부쿠로 가메사부로를 중심으로 진상규명위원회가 조직되어 현 의회에 진상규명을 요청하고 있다. 앞으로는 정보 공개와 외계인의 인도를 요구하기 위해 가데나 기지를 둘러싸고 시위를 벌이는 등 다양한 운동이 전개될 전망인데, 이 책의 출간은 틀림없이 그런 운동에 힘을 불어넣을 것이다.

『오키나와에서 천왕성의 의미는 무엇인가 Part5』

오미자 류이치로 지음
YY 출판 | 1,700엔

이 책은 2부로 구성되어 있다. 1부는 앞서 오키나와를 방문한 찰리 시마부쿠로 씨와의 대담으로 이루어졌고, 2부는 최근에 일어난 유타교 운동과 그 조직의 확대에 대해 총괄하고 앞으로의 전망을 기술했다.

특히 주목할 내용은, 가데나 기지에 유해로 보존되어 있는 외계인은 천왕성에서 온 사자(使者)이며 '그가 만나려고 한 유타는 바로 나였다' 라고 오미자 씨가 단언한다는 점이다. 찰리 시마부쿠로 씨도 '아마도 그렇겠죠' 라며 여러 예를 들어 그 말에 동감한다.

오미자 씨의 말에 따르면, 천왕성에서 온 사자는 사리사욕에 눈이 멀어 지구의 환경을 파괴하고 서로 미워하고 물어뜯고 죽이며 파멸의 길로 치닫고 있는 인류를 구원하기 위해 오미자 씨에게 메시지를 전하러 왔고 그 메시지 없이는 인류의 미래는 없다고 한다. '그렇다면 천왕성 사자의 죽음으로 우리는 구원받을 길이 없게 된 것인가'라는 찰리 시마부쿠로 씨의 질문에, 오미자 씨는 '그렇지 않다'고 대답한다. '천왕성 사자는 실은 일종의 가사상태에 빠진 것으로, 그들은 심한 상처를 입으면 그런 식으로 회복을 시도한다. 앞으로 한 달 이내에 되살아날 것이다. 그때 메시지가 사악한 악의 제국의 손에 넘어가느냐, 아니면 진정한 신의 아들에게 전달되느냐. 그에 따라 인류의 생사 여부가 결정된다'고 오미자 씨는 말한다.

'천왕성 사자가 가져온 메시지를 되찾자!' 이것이 이 책의 결론인데, 이런 주장에서도 드러나듯이 오미자 씨는 종래의 유타교 운동에서 탈피하여 적극적으로 인류 구제에 나설 것을 모든 신자에게 호소하고 있다.

'오키나와 사람들이 행복해지기 위해서는 유타가 늘어나고 미군기지가 줄어야 한다.'

'세계의 모든 사람이 행복해지기 위해서는 모두 유타가 되어야 하고 군인은 되지 말아야 한다.'

이렇게 정말 알기 쉬운 메시지가 지금 오키나와에서 세계로 발신되고 있다. 그 첫걸음으로 모두 함께 가데나 미군기지를 포위하여 천왕성 사자를 해방시키고, 평화를 사랑하는 사람들 품으로 맞아들이자고 주장한다. 또한 오키나와를 군사기지가 없는 평화의 섬으로 만들어, 인류와 천왕성인이 교류할 수 있는 거점으로 독립시키자고 소리 높여 외치며 끝을 맺는다. 전국 각 지역에 지부를 두고 국내에서만 회원 수 50만 명이 넘으며 지금도 급속도로 성장하고 있는 '종교법인 유타교'

의 교주로서 어조에는 자신감이 넘친다. 바로 2년 전 『오키나와에서 천왕성의 의미는 무엇인가 Part1』을 읽었을 때 받은 소박했던 인상에 비교하면 격세지감이 느껴진다. 오키나와의 나태한 지식인들이 분석의 필봉을 휘두르기도 전에 급성장한 오미자 씨를 보고 있으니 기쁜지 슬픈지 알 수 없는 감개가 느껴지는데, 그런 감개를 느끼는 건 비단 나뿐일까?

『망국 일본에 해는 또다시 떠오른다―
오야마 메이도 옥중서간』

오야마 메이도 지음
대일본격류사 오키나와현 본부 출판부 | 2,200엔

본서는 현재 과감하게 옥중투쟁을 벌이고 계시는 오야마 메이도 선생이 천황폐하께 직소하게 된 동기와 경과를 회고하면서 현재의 심경을 솔직하게 털어놓은, 유례 없는 서간집입니다.

이미 여러분도 아시다시피, 선생은 이토만시 마부니에서 개최된 오키나와현 주최 세계평화기념 기념비 제막식* 회장에서 선생의 평소 지론이며 주민의 열렬한 지지를 받아온 '황태자비를 오키나와 여성으로'라는 직소문을 천황폐하께서 직접 읽어주시기를 바랐지만, 관헌의 부당한 제지로 방해받았을 뿐만 아니라 폭행으로 전신에 타박상 및 찰과상을 입고 공무집행방해죄 및 상해죄라는 날조된 죄목까지 보

---

* 오키나와 전투에서 사망한 23만 6천 명의 이름을 자바라 모양의 석비에 새겨 기념한 일. 1995년 6월 23일 제막식이 있었다.

태져 구류되는 폭거를 당하셨습니다.

최근 선생은 많은 주민의 격려와 지지 속에서 '우리 현의 황태자비 후보 선정 및 추천' 운동을 오키나와현의 과제로 정하자고, 오키나와현 및 오키나와현 의회, 각 시·구의회에 요청하셨습니다. 그러나 혁신현정(革新縣政)의 대표인 오타 아무개는 적색 이데올로기의 멍에에 매여 선생의 의지를 곡해했을 뿐만 아니라, 자신의 사려 부족과 무분별, 무지, 무능을 은폐하기 위해 선생의 호소를 무시하며 난폭하게 굴었습니다. 더욱 어이없는 건 보수정당이면서도 선생의 생각을 전혀 이해하지 못하는, 당의 부대표인 나가소네 아무개라는 자입니다. 그는 '노인이면 노인의 체통을 지켜라'라는 식의 폭언을 하며 선생의 요청문을 되돌려 보냈습니다. 정말이지 '노인은 나라의 보배'라는, 초등학생조차 아는 격언도 모르는 촌 의원의 인격적 결함에 더욱 크게 오키나와 주민의 장래를 우려한 선생은, 마침내 본인이 직접 천황폐하께 직소하여 우리 주민의 비원에 대해 이해를 구하고자 했습니다. 그러나 관헌의 방해로 이루지 못한 건 앞서 서술한 대로입니다.

진정으로 나라의 장래를 걱정하고 오키나와 주민의 미래를 염려하는 우국지사의 충정이 비열하고 몰지각한 이들에 의해 좌절된 것입니다. 아아, 연작이 어찌 홍곡의 뜻을 알리요.* 혜안으로 시대의 병폐를 꿰뚫고 조국과 고향과 국민의 장래에 신명(身命)을 바쳐 진리를 밝히고자 하는 선각자는 언제나 감옥에 갇혀 불충의 오명을 뒤집어써야만 하는가. 오시오 헤이하치로**가 그랬고 요시다 쇼인***이 그랬습니

---

* 燕雀安知鴻鵠之志. '제비나 참새 따위가 어찌 기러기나 고니의 뜻을 알겠는가'라는 말로, 평범한 사람이 영웅의 큰 뜻을 알리가 없다는 의미.

다. 그러나 불요불굴의 정신으로 진리의 길을 걷고자 하는 선생의 뜻을 누가 꺾겠습니까. 선생은 옥중에서 더욱 의기충천하여 아침저녁으로 경문과 교육칙어(敎育勅語)를 봉독하시고, 하루도 빠짐없이 힌두 스쾃****으로 단련하여, 출옥 후 더욱 대담하게 운동을 전개할 각오로 하늘이 내린 시련과 싸우고 계십니다. 실로 'Come here trouble'입니다. 본서는 옥중에서 더욱 자신의 사명감을 통감하고 결의를 새로이 다지신 오야마 메이도 선생이 전 오키나와 주민, 아니 전 일본 국민에게 전하는 열정에 찬 감동의 서간집입니다. 한번 읽어보시면 보수와 혁신을 막론하고 정치가·관헌당국·지식인 중에 곡학아세의 무리가 선생에게 던지는 말, 즉 망령 든 사람, 극점을 가리키는 나침반, 진짜 희극, 도마뱀의 잘려나간 꼬리, 어이없는 노인네 같은 비방과 중상이 자신의 왜소함을 모르는 참새의 지저귐이며 그들이야말로 어이없는 인간들이라는 것을, 백사장을 달리는 한 마리의 살쾡이처럼 확연히 알 수 있을 것입니다.

저는 이 책을 읽으면서 한 자, 한 구, 한 행마다 자신을 버리고 오키나와를 위해 살아가려는 선생의 희생정신에 흐르는 눈물로 무릎을 적시는 한편, 비관으로 일관하며 자포자기에 빠져 있던 스스로를 되돌아보고 수치심을 느끼지 않을 수 없었습니다. 사심 없는 삶이란 무엇

** 에도 시대 양명학자. 나라에 기근이 심해지자 위정자들에게 빈민 구제책을 건의했다가 묵살당한 후, 자신의 장서를 팔아 빈민에게 분배하고 무장봉기를 일으켰다. 진압군에게 잡혀 자살로 생을 마감했다.
*** 에도 시대 사상가로 대동아공영론을 주창하여 일본의 제국주의 팽창에 큰 영향을 미쳤다. 반 막부지사 수십 명을 체포한 마나베 아키카쓰를 암살하려다 사형당했다.
**** 양발을 어깨너비로 벌린 다음 무릎을 구부렸다 폈다 하는 운동.

인가를 이 이상으로 가르쳐주는 책은 없을 것입니다. 청소년들의 집단 따돌림이나 날로 흉악해지는 범죄가 문제시되고 있는 오늘날, 새로운 도덕책으로써 모든 교직원 및 학부형이 꼭 한번 읽어보기를 권합니다. 학력신장운동의 일환으로 오키나와 전역에서 시행하고 있는 아침저녁 책 읽기 운동의 추천도서로도 최적이라고 생각합니다.

옥중에서 점점 더 빛을 발하는 오야마 메이도 선생의 가르침이여 영원하라!

또한 본 서평을 집필하는 데 있어 지정 매수를 크게 초과했음에도 불구하고 너그러운 마음으로 게재해주신 편집장 및 관계자 여러분께 머리 숙여 감사드리며 이만 펜을 놓겠습니다.

『유타와 치유』

요시카와 리카 지음
피스플하트 출판 | 2,200엔

집단 따돌림이나 청소년의 자살이 끊이질 않는다. 지금 청소년 사이에서 일어나고 있는 이런 현상들이, 어른들의 영향을 받은 것임은 두말할 나위도 없다. 실제로 지금 얼마나 많은 사람들이 영리주의 경쟁사회 속에서 심신에 깊은 상처를 입고 마음의 치유를 찾아 헤매고 있을까?

이 책은 유타를 연구하고 조사하기 위해 2년 전부터 오키나와에 살고 있는 도쿄 출신의 젊은 연구자가 집필했다. 현재 활약 중인 유타 다섯 명과 그들을 찾아온 고객 20여 명을 인터뷰하고 그것을 분석한 내용을 싣고 있다. 또 뒷부분에는 오늘날 오키나와에서 유타가 담당하고 있는 역할과 문제성에 대한 고찰이 실려 있어 저자의 견해가 명확히 드러난다.

상담을 받으려고 유타를 찾는 사람들의 연령이나 직업, 고민 내용은 다양하다. 유타를 찾는 사람들은 미신을 믿는 노인뿐이라는 말은 이제 옛말이 되었다. 지금은 여중생들이 타로점이나 별자리점을 보러 가듯 유타를 찾는 시대인 것이다. 이 책에는 중고생들의 인터뷰도 다수 포함되어 있는데, 그 내용을 보면 부모나 교사에 대한 반발이나 불신감이 얼마나 큰지, 반면 유일하게 속내를 털어놓을 수 있는 존재로 유타를 얼마나 신뢰하고 있는지 잘 나타나 있다. 놀라운 것은 중고생들의 발언과 너무나도 닮은 중장년 샐러리맨들의 발언이다. 이들은 직장에서는 상사나 동료들에게 약점이 잡힐까봐 전전긍긍하고 가정에서는 고립되어 지낸다. 현대 일본 사회의 병폐가 얼마나 크고 뿌리 깊은지를 엿볼 수 있다. 이런 가운데 저자는 유타가 가진 역할의 중요성을 강조한다. 유타는 속내를 털어놓을 수 있는 상담원임은 물론, 조상과 '나'의 관계를 돌이켜보게 만드는 존재이다. 그리하여 유타는 도시생활에서 부유하고 있는 사람들에게 자기 존재의 근본을 자각시켜 정체성 위기에서 구해준다. 이와 같이 유타는 상담자에게 각성의 계기를 마련해주는 한편, 가족과 공동체의 역사를 명확히 인식시킴으로써 해체 위기에 봉착한 가족을 통합하는 사회적 기능도 가진다고 저자는 말한다.

저자에 따르면 오키나와의 조상숭배에서는 신이나 영혼과의 교감이 매우 육감적으로 이루어지는 특징이 있다고 한다. 오키나와의 신들은 인간계를 초월하거나 절대적으로 숭상받는 존재가 아니다. 신과 인간이 때로는 친구처럼 이야기를 주고받고, 때로는 인간이 신을 꾸짖거나 격려하기도 한다. 이처럼 오키나와에는 '신과 인간의 유연한 교유의 장'이 유타의 입을 통해서뿐만 아니라 생활의 여러 방면에서도 이루어지고 있기 때문에 '치유의 장'으로서의 풍요로움이 있다고 한다.

또한 저자는, 현재 유타를 하나의 교단으로 조직화하고 정치 문제에도 적극적인 발언을 하고 있는 오미자 류이치로 씨를 격렬히 비난하며, '오키나와 본래의 유타 역할로 돌아가라'고 외친다. 그러나 그 점에 관해서는 서평을 하는 사람으로서 약간의 의문이 남는다.

저자는 '본래의 유타'라든가 '본래의 오키나와'라는 표현을 빈번히 사용하고 있는데, 여기서 말하는 '본래'라는 것은 대체 무슨 뜻일까? 오미자 씨의 언동은 분명 다른 유타와는 크게 다르다. 하지만 그렇다고 '본래의 유타 역할'에서 일탈했다는 단정을 내린다면, 현재 오미자 씨가 오키나와에서 받고 있는 열렬한 지지의 의미가 무엇인지 분석하기가 어려워진다. 오미자 씨의 언동이 가끔 지나치게 엉뚱하여 교단 간부나 신자들도 예측하기 힘든 모양이지만, 그래도 그만한 영향력을 가지는 것에는 나름의 이유가 있기 마련이다. 저자가 '본래의 유타'의 활약상이나 존재 의의가 크다는 주장을 하는 것도, 오미자 씨의 활동으로 말미암아 유타를 다시 보게 된 결과가 아닐까. 실제로 2, 3년 전까지만 해도 유타를 찾는 사람은 매년 감소해, 일상에서 유타와 교유하는 사람은 일부 중장년층 여성들에 국한되어 있었다. 그러던 것이 남녀노소를 불문하고 유타를 찾게 된 데는 역시 오미자 씨가 등장했기 때문일 것이다. 현재 오키나와에서 유타 교단에 가입한 오키나와인은 5만 명에 약간 못 미친다고 한다. 가입은 하지 않았지만 오미자 씨의 존재를 호의적으로 바라보는 사람도 많다. 교단을 만들어 정치 문제와 미군기지 문제에 적극적으로 발언하고 있는 오미자 씨의 모습은 분명 처음과는 많이 다르다. 그럼에도 불구하고 오미자 씨가 이런 지지를 받는 것은 어떤 이유에서일까? 그 점을 좀 더 분석하지 않으면 현재의 유타 문제에 대한 분석도 오미자 씨에 대한 비난도 별 의미는 없다고 생각된다.

작은 계모임에서 시작되었다고 하는 유타교가 어떻게 이렇게까지 확장되었을까? 그 배경에는 미군기지 문제와 경제 개발, 환경 문제 등 오키나와가 안고 있는 현안들이 뒤얽혀 있을 것이다. 거기까지 깊이 파고들어가길 바란다. '치유의 섬'이라는 안이한 해석으로 오키나와가 안고 있는 정치적 어려움을 외면하려 든다면, 오미자 씨를 지지하는 '고립된 오키나와인들의 마음'도 이해하지 못할 것이다.

다소 가혹한 비판이 되었는지 모르나, 현재의 유타 문제의 한 측면을 파악하는 데 있어서 이 책이 가지는 의의가 크다는 것은 말할 나위도 없다.

『바다에 가라앉은 유타 대륙』

무라키 아키마사 지음
모아이 출판 | 850엔

고대유적을 연상시키는 요나구니 섬 앞바다의 대규모 암석 구조물이나, 로제타석(石)과 똑같이 생긴 자탄 마을 앞바다의 원기둥들. 또는 최근 나하 항 앞바다에서 발견된 고대 나스카 문화의 지상화(地上畵)를 떠올리게 하는 해저 바위들. 남서제도 주변 해역에서 잇달아 발견되는 이러한 구축물들이 지금 세계적으로 주목을 받고 있다. 과연 이것들은 고대문명의 유적일까, 아니면 단순한 자연 조형물일까.

그 문제에 대해 당초부터 고대유적설을 주장해온 류큐 대학의 무라키 씨가 더욱 대담한 가설을 제시했다. 그는 일찍이 남서제도를 중심으로 한 동아시아 해역에는 고도의 문명을 가진 대륙이 존재했다고 주장한다. 서태평양의 아틀란티스라고 할 만한 그 대륙은, 약 2만 년 전에 발생한 것으로 추측되는 대규모 지각변동에 의해 바닷속으로 가라앉았다. 그러나 그 문명의 흔적은 아직도 동남아시아 여러 지역에 잔존한다. 무라키 씨는 그중에서도 오키나와 남서제도의 샤머니즘에 주목하며, 잃어버린 대륙은 샤면을 중심으로 한 고도의 정신문명을 이룩했다고 주장한다. 야마타이국(邪馬臺国)의 히미코[*]도 그 문명의 흐름을 이어받은 자이고, 일본 천황가의 제사에도 많은 흔적이 남아 있으며, 그 정신문명을 현재에도 면면이 이어가고 있는 게 오키나와의 유타라고 저자는 말한다. 저자는 그 '잃어버린 대륙'을 '유타 대륙'이라고 가칭하며 해저유적뿐만 아니라 남서제도 각지에 남아 있는 유적이나 전설, 제사 형태나 가요, 유타 사이에 전해 내려오는 선각문자(線刻文字) 등의 분석을 통해 '바다에 가라앉은 유타 대륙'의 존재를 실증적으로 밝히려 한다.

 이 책은 무라키 씨를 중심으로 한 류큐 대학 해양학부 특별조사반이 1년 남짓 조사한 사실을 바탕으로 기술했으며, 바닷속 사진과 기초 자료도 풍부하게 수록했다. 지금까지 나온 유사한 책들과는 확연히 다르다. 무라키 씨의 주장처럼 요나구니 앞바다의 해저 구축물은 '유타 대륙의 고대 왕궁터'일까? 야에야마 제도의 서쪽 해역은 유타 대륙의 '수도권'이며 유타는 '잃어버린 고대문명의 정신적 계승자'인 것일까? 그야말로 고대에 대한 로망을 불러일으키는 책이다. 앞으로 더한층 대대적인 조사와 연구가 이루어지길 바란다.

---

[*] 2~3세기 무렵 일본에 존재한 고대 국가 야마타이국의 무녀이자 여왕.

『오키나와에서 천왕성의 의미는 무엇인가 Part7 동방에 피는 태양 꽃—오미자 류이치로 강연집』

유타교 출판부 | 2,000엔

이 책은 강연집이라기보다는, 접신상태에 들어간 오미자 류이치로 씨가 수신한 천왕성인의 메시지 모음집이라고 하는 편이 좋을지도 모른다. 후기에서도 서술했듯이 최근 오미자 씨는 하루의 대부분을 가데나 미군기지에 유폐된 천왕성인의 메시지를 수신하는 일로 보내는 듯하다. 그 내용은 최근에 잇달아 나오고 있는 책이나 팸플릿에 정리되어 서점의 오미자 코너에 산더미처럼 쌓여 있는데, 본서를 포함하여 주요 내용은 '류큐 독립론'과 '천왕성과의 동맹론'이다. 『오모로소시*』를 시작으로 오키나와 각 섬에 전해져오는 신화나 민화, 가요 등을 인용하며 서술한 방언 섞인 독특한 일본어에는 오묘한 박력이 있

* 류큐국의 옛 노래인 '오모로'를 모은 22권의 책.

다. 예를 들어 책 제목이기도 한 시의 한 소절은 아래와 같다.

> 동방의 태양 꽃
> 먹구름 떼구름
> 밀치고 나온다이
> 새로운 세상, 미륵 세상이
> 밀려온다이
> 천왕성의 신, 류큐의 신
> 손잡고 온다이
> 야마토 신 쓰러뜨리고
> 미국 신 쓰러뜨려서
> 밀어내버린다이
> ……
> ……
> ……

이 시는 400여 행에 걸쳐 이어지는데, 이 시를 비롯해 책 곳곳에는 가데나 미군기지에 유폐된 천왕성인을 돌려받고, 천왕성 정부와 동맹 관계를 맺음으로써 일미(日美) 안보체제에서 벗어나 류큐 공화국의 독립을 실현하자는 주장이 되풀이되어 나온다. 3년 전 오야마 메이도 씨와의 논쟁에서 오키나와 민족주의로의 회귀를 강조했던 오미자 씨의 주장은, 때마침 일어난 반(反)미군기지 운동의 바람을 타고 한층 더 강한 반일반미 색채를 띤다. 오미자 씨는 현대의 위기를 극복하기 위해서는 세계를 일원적으로 지배하려는 목적으로 미군이 세운 기지들을 완전히 철거하고, 류큐·아시아에서 부는 평화의 바람을 전 세계에 불게 함으로써 정치·민족·종교 등의 대립으로 발생하는 분쟁을 해결하고 새로운 세계 질서를 확립해야 한다고 주장한다. 또한 그 새로운 질서의 중심에 유타교에 입각한 무기 없는 평화국가 '류큐 공화국'이 서야 한다고 한다. 그렇지만 일본과 미국 두 정부가 '류큐 공화국'의 독립을 순순히 인정할 리 없다. 거기서 예상되는 무력공격을 경계하는 한편, 어디까지나 평화적인 수단으로 독립을 실현하기 위해 오미자 씨가 내세우는 것이 천왕성 정부와의 동맹관계 수립이다. 천왕성인들의 탁월한 과학기술에 기초한 방위 능력으로 일정한 보호를 받으며, 역사적으로 관계가 깊은 중국이나 동남아시아 각국의 지지를 얻어 독립을 승인받고 가맹을 실현해나가자는 것이다. 문제는 경제적 자립이 가능하냐는 점인데, 이에 관해 오미자 씨는 일본 정부 아래에서는 실현하기 어려웠던 완전 자유무역 지대를 만들면 된다고 말한다. 또 미군의 가데나 공군기지나 마키 항 해군 보급기지 터를 세계 각국과 천왕성의 물류 및 정보 교류 지역으로 건설함으로써 지구와 천왕성의 중계무역 기지로 만들면, 실로 14~15세기에 아시아 각국과의 중계무역으로 번영했던 대류큐 시대를 재현할 수 있다고 주장한다. 거기다 천왕성의 최신 과학기술이나 문화·역사·언어를 배우기 위한 종합 대학 건설 및 천왕성 정부의 지구 대사관 유치, 천왕성과 지구의 학술교류센터, 천왕성인 관광보호센터, 천왕성과 지구를 잇는 멀티미디어통신센터 설치, 그리고 천왕성 친선 어린이 대사 파견 등 많은 구상을 제안했다. 이미 가데나 미군기지 안에 있는 천왕성인과의 정신적 교류를 통해 이러한 구상은 대체적으로 승낙을 받았으며(실은 그 천왕성인은 천왕성 정부의 전권대사로, 오미자 씨와의 교섭을 일임받았다고 한다), 그런 구상을 실현하기 위해서라도 가데나 미군기지에 있는 천왕성인을 빼내야 한다고 오미자 씨는 말한다. 왜냐하면 천왕성과의 무역이 막대한 이익을 가져오리라는 것을 이미 미국 정부가 알아채고 기지 안에 있는 천왕성인을 협박, 회유하면서 비밀리에 천왕성과의 교섭을 진행하고 있기 때문이다. 이는 매우 위험한 일로, 천왕성 정부는 어디까지나 지구와의 교섭 상대로 오미자 씨를 택했기 때문에, 미국 정부의 강압적인 교섭이 계속되면 천왕성과 전면전이 일어날 수도 있다고 오미자 씨는 경고한다. 그래서 천왕성인을 빼내 와서 미국 제국주의의 음모를 저지하는 일이 무엇보다 시급한 과제라고 외친다.

황당무계하다고 무시해버리면 그만이지만, 이런 오미자 씨의 주장이 젊은이에서부터 노인에 이르기까지 폭넓은 층의 지지를 받고 있는 것은 사실이다. 게다가 최근 들어 상황에 큰 변화가 생겼다. 작년 11월에 가데나 기지에서 발생한 F15기 추락사고와 미군의 유아 살해사건으로 잠시 저조했던 반기지·반전 운동이 다시 크게 확산된 것이다. 일부에서는 '제2의 고자폭동*을' 이라는 구호를 외치기도 하는데, 그것까지는 아니더라도 기지 문제를 이렇게까지 방치한 일본 정부나, 입으로는 기지의 축소와 정리를 외치면서도 실제로는 경제 개발에만 신경을 쓰고 터만 옮겨서 기지를 확장하는 데 협력하는 오키나와 지사와

---

* 1970년 12월 20일 새벽 오키나와 고자 시에서 미군 차량 및 시설에 주민들이 불을 지른 사건. 직접적인 계기는 미군이 오키나와인을 친 교통사고였으나 그 배경에는 미군 통치하의 압제, 인권 침해에 대한 오키나와인의 불만이 있었다.

당국에 대한 불신 내지 분노가 고조되고 있다. 12월 6일에 열린 긴급 항의 주민 집회에 예상을 크게 웃돈 3만여 명이 모인 것도 이를 입증해준다.

이와 같은 정세의 변동을 배경으로, 당초에는 유타교 신자와 일부 지식인의 운동으로 비춰졌던 '가데나 기지 포위를 위한 주민 통일 대집회'도 달라지고 있다. 최근 들어서는 오키나와의 노동조합이나 민주단체, 노인클럽 연합회, 학생단체 등 다양한 조직이 가세하여 실행위원회가 결성되는 등 새로운 움직임이 나타나고 있다. 일본 본토에서도 오키나와로 건너오는 동조자가 적지 않다. 이런 시기에 이 책이 출판된 의미는 크다. 틀림없이 이 운동에 큰 힘을 부여할 것이다.

『긴급 출판! 오야마 메이도 선생 유언집—
오키나와여, 진실된 길을 가라』

고바카와 가메스케 편집
대일본격류사 오키나와현 본부 | 2,500엔

거성(巨星)이 떨어지다. 병상에서 오키나와의, 아니 일본의, 아니 전 세계의, 아니 전 우주의 장래를 진정으로 걱정하고 청소년의 밝은 내일을 기원해온 불세출의 거인 오야마 메이도 선생께서 지난 1월 7일 저세상으로 떠나시어 불귀의 객이 되셨습니다. 본서는 오야마 선생께서 병상에서 남기신 테이프를 한 자 한 구도 바꾸지 않고 정리한 것입니다.

가석방 후 자택에서 독서와 사색의 나날을 보내시던 오야마 선생은 황태자전하의 정식 약혼이 발표되던 날부터 단식에 들어가 여드레째에 입원하셨는데 그날부터 치료와 식사를 일절 거부하시며 자신의 생각을 60분짜리 카세트테이프 열두 개에 담고, 조용히 미소 지으며 80여 년간 겪은 격동적인 인생의 막을 내리셨습니다. 자비로운 빛에 둘러싸인 그 편안한 임종을 필자는 평생 잊지 못할 것입니다.

일부 몰지각한 자들은 선생의 행동을 단식 시위를 한다, 절망한 나머지 정신 착란을 일으켜 망동을 벌인다라고 하며 곡해도 이만저만이 아닌 중상(中傷)을 유포하여 자신들의 무지와 비루한 인간성을 만천하에 드러냈습니다. 어차피 거북이는 자기 등딱지에 맞는 구멍밖에 못 파겠지요.

선생의 단식은 천명이 다했음을 알았기 때문에 가능했던 일입니다. 수행을 많이 쌓은 고승이 산목숨으로 땅굴에 들어가 왕생하듯이, 현세에서 맡은 자신의 소임이 끝났음을 자각하신 선생은 털끝만 한 망설임도 없이 왕생을 택한 것입니다. 군작업원 시절 배운 필리핀식 영어로 임종 시에 미소를 지으며 필자에게 '굿바이'라고 남긴 말이 아직도 귓가에 생생하게 되살아나 이 서평을 쓰면서도 흐르는 눈물을 감출 수가 없습니다. 독자 여러분도 이 책을 읽고 마지막 순간까지 오키나와 주민의, 아니 전 일본인의, 아니 전 세계인의, 아니 전 우주의 모든 생물의 번영과 행복을 기원하면서 작고하신 선생의 지극하고 순수한 마음을 가슴 깊이 새기셨으면 하는 바람입니다.

오키나와, 아니 일본, 아니 전 세계의 현 상태는 한심스럽기 짝이 없습니다. 특히 우리 오키나와에서는 유타교라는 사교(邪敎)가 비 온 뒤 목이버섯 불어나듯 불어나, 미군부대에서 천왕성인을 빼내 오자고 하질 않나, 오키나와의 독립이다 류큐국의 재흥이다 하는 들어주기 힘든 망언과 망동을 일삼고 있습니다. 한편으로 실업률과 이혼율은 여전히 일본에서 제일 높고, 매국 교원단체의 잘못된 교육으로 자국에 대한 자긍심과 살아갈 목표를 잃어버린 젊은이들은 폭주하던 끝에

국도 변 야자나무에 부딪쳐 죽고, 부녀자의 정절은 헤아날 줄 모르는 폰 미팅 등으로 폭풍 속의 벚꽃처럼 땅에 떨어지고 말았습니다. 더욱 용서할 수 없는 것은 미군들이 끊임없이 저지르는 사고와 유아를 대상으로 한 흉악범죄입니다. 아직도 귀축(鬼畜) 미국의 식민지 같은 처지에 있는 이 오키나와의 고뇌를 제거하고, 청소년의 건전한 육성을 보장하는 환경을 만드는 게 우리 오키나와의 그리고 일본의 시급한 과제임은 두말할 나위도 없습니다. 그러나 그 과제의 해결은 일본 정부와 오키나와 양자 간의 깊은 신뢰를 바탕으로 한 대화로 이루어져야 합니다. 사교 집단인 유타교 일파와 좌익 망국 집단의 야합하에 주도되는 '천왕성인 빼내 오기와 오키나와 기지의 완전 철거를 위한 가데나 기지 포위 주민 통일 대집회' 같은 망동으로는 오히려 해결이 어려워질 뿐만 아니라, 오키나와 주민과 일본 본토 동포 사이에 균열을 만들어 야마토 민족의 분열을 조장함으로써 일본이 위기에 빠지고 맙니다.

 우리 오야마 선생께서는 본서에서 그런 유타교 및 좌익 망국 집단의 위험한 움직임이 러시아에 의해 계획된 것이며 찰리 시마부쿠로라는 인물이야말로 미국 CIA와 러시아의 이중스파이 비밀공작원임을 알려주고 있습니다. 그뿐 아니라, '류큐 독립'을 외치는 오미자 류이치로 씨의 배후에는 북한과 중국의 음모가 도사리고 있음을 적확하게 포착하여 경종을 울리고 있습니다. 그리고 기독교 성서에 나오는 배신자 '유다'란 바로 '유타'를 가리키는 것으로, 오미자 씨야말로 나라와 야마토 민족을 배신한 매국노 '유다=유타'라고 갈파하고 그 음모를 분쇄하는 일이 오키나와 주민 및 일본 동포의 사명이라고 호소하고 있습니다. 이와 같은 위기에서 오키나와를 구하고 우리 야마토 민족 모두가 나아가야 할 길을 제시해주는 것이 바로 본서이자 오야마 선생의 마지막 말씀입니다. 천명이 다해 돌아가셨지만 숨이 넘어가기 직전까지 우리 오키나와인의 장래를 걱정한 오야마 선생의 충정을 결코 헛되게 해서는 안 될 것입니다. 호랑이는 죽어서 가죽을 남깁니다. 이 책을 한번 읽어보시면 일부 매국노가 선생을 향해 내뱉은 말, 즉 오키나와를 팔아먹는 노예상, 죽어서도 북쪽만 가리킬 자석 같은 대가리, 맨 끝자리만 맞은 복권, 겨울에 나오는 반딧불이 등 허무맹랑한 비방과 중상들이 가당치도 않고, 그 인간들이야말로 허무맹랑하다는 사실을 산호 바다를 구불구불 헤엄쳐 다니는 한 마리 바다뱀처럼 한눈에 알아볼 수 있을 것입니다.

  오키나와를, 아니 일본을, 아니 세계를, 아니 전 우주의 모든 생물을 사랑한 오야마 메이도 선생의 마지막 말을 일독하시압!

  또한 본 서평을 집필하는 데 있어 제한 매수를 큰 폭으로 초과하였음에도 오야마 선생에 대한 추도의 마음으로 양해해주신 편집부 여러분께 깊이깊이 머리 숙여 감사드리는 바입니다.

『모든 사람의 마음에 유타를』

기유나 초키치 지음
니라이카나이 출판 | 3,500엔

지난번 세계 스포츠 페스티벌 개회식에 아시아 대표로 참가해 부른 초키치의 노래는 스포츠와 평화의 제전을 장식하기에 정말이지 잘 어울렸다. 민족이나 종교, 정치, 경제의 대립을 넘어 다문화가 혼재하는 참프루* 주의를 부르짖는 초키치의 메시지는 스타디움 옆 주차장 동편 광장과 그 옆 공원의 미니 콘서트장을 가득 메운 관중들에게 큰 감동을 선사했다.

이 책은 바로 그 초키치가, 자신이 믿고 있는 유타교가 얼마나 좋은지를 이야기한 책이다. 후반부에는 오미자 류이치로 씨와의 대담이 실려 있고, 부록으로 곧 있을 '가데나 미군기지 포위를 위한 주민 통

---

* '뒤섞다'라는 의미의 오키나와 방언.

일 대집회'의 테마송인 〈모든 사람의 마음에 유타를〉과 대히트곡 〈안녕하세요 유타 씨〉가 삽입된 CD가 있는 것도 반갑다. 또 미군기지 포위 시위에 맞춰 계획된 각종 이벤트 안내서가 들어 있는가 하면, 그 안내서에는 음료 서비스권과 콘서트 입장권까지 포함되어 있다. 정말이지 초키치다운 더할 나위 없는 팬서비스다.

초키치는 많은 사람들이 알고 있듯이 오미자 씨가 유타교 운동을 처음 시작할 때부터 그의 신봉자였다. 데뷔하기 전부터 오키나와 샤머니즘에 많은 관심을 가지고 있던 초키치는 스물세 살 때 인도를 여행하고 와서 그 관심이 한층 더 커졌다고 한다. 오키나와 영혼의 부활을 주장하며 세계의 소수민족과도 적극적으로 교류해온 초키치에게 오미자 씨와의 만남은 필연이었다고도 할 수 있다. 그 후 유타교의 메신저로서 또한 음악·예능부의 부장으로서 초키치가 유타교 교세 확장에 공헌한 바는 적지 않다. 초키치의 태생적인 신기(神氣)는 오미자 씨를 만나면서 크게 꽃피어, 때로는 노래하다 말고 한 시간 동안 떠들기만 하는 식의 열정적인 콘서트를 거듭하던 중 대히트곡 〈안녕하세요 유타 씨〉도 탄생한 것이다. 초키치는 자신의 반생을 풀어놓은 노래에서 유타교를 만나지 못했다면 지금의 자신도 없다고 이야기하는데, 그 가사가 솔직해서 불량했던 시절의 나쁜 짓을 반성하는 대목마저 담담하게 듣게 된다.

후반부에 실린 오미자 씨와의 대담에서는, 오키나와에서 세계로, 세계에서 우주로 확산돼나갈 유타교의 미래를 논하며 시간 가는 줄 모른다. 초키치는 가까운 장래에 천왕성과 본격적으로 교류가 시작되면 문화 메신저로서 천왕성에서 인류 최초로 콘서트를 하고 싶다는 뜨거운 꿈을 꾸고 있다. 오키나와가 낳은 세계적인 엔터테이너 기유나 초키치의 노래가 천왕성에서 울려 퍼질 날도 멀지 않았다.

  2월 4일 예정인 가데나 미군기지 포위 시위에는, 일본 본토 신자와 반미군기지 운동가는 물론, 미국·캐나다·인도네시아·대만 등 세계 각지의 원주민 대표도 참가한다고 한다. 시위 후에는 미군기지 서편 매립지에 세워진 특설무대에서 초키치의 콘서트를 중심으로 하는 세계 민족과 종교 대(大) 참프루 축제도 열린다. 오키나와인과 본토인을 비롯한 세계 여덟 개국의 뮤지션들이 참가하는 콘서트가 장장 여섯 시간에 걸쳐 열리는 한편, 핵 폐기·환경 문제·교육 문제·민족 대립을 어떻게 극복할 것인가 등 열여섯 개의 테마를 가지고 회장 곳곳에 설치될 텐트에서는 술잔을 기울이며 밤새 토론할 예정이라고 한다. 그 모든 테마에 얼굴을 내밀고 발언하고 싶다는 초키치의 파워에는 혀를 내두를 정도다.

  2월 4일까지는 이제 얼마 남지 않았다. 당신도 이날 한손에 이 책을 들고 〈안녕하세요 유타 씨〉의 경쾌한 리듬을 타면서, 가자, 가데나 미군기지로!

『당신도 3분이면 유타가 될 수 있다』

스즈키 유미코 지음
기지무나 북스 | 750엔

유타가 되기 어렵다고 생각하는 당신. 스즈키 선생이 고안한 '간단한 3분 유타 체조'라면, 매일 3분간 실행에 옮기는 것만으로 접신이 가능하여 집에서도 쉽게 유타가 될 수 있습니다. 부작용이나 후유증 걱정도 일체 없음. 이렇게 쉽게 되는 줄 알았더라면 진작 할걸 그랬다고 아쉬워하는 목소리가 속출!

유타는 이 시대 가장 각광받는 직업. 자본도 장소도 필요 없습니다. 자택이나 길거리에서 바로 개업 가능. 필요한 것은 오직 당신의 의지뿐. 고수입이 약속될 뿐 아니라 사회적 지위도 보장. 유타 3급 면허를 가지고 있으면 취직이 유리하고, 1급 면허라면 세계로 뻗어나갈 수 있습니다. 미국에서는 지금 정신분석의를 대신하여 유타가 대인기. 할리우드 스타가 당신에게 고민을 털어놓으러 올 날도 꿈만은 아닐지 모릅니다.

누구나 쉽게 유타가 될 수 있으니 모두 다 유타가 되면 어떡하지? 하는 걱정은 필요 없습니다. 모두 유타가 되면 세계는 곧 행복으로 가득 찰 것입니다! 그러나 올바르게 유타가 되지 않으면 안 됩니다. 행복이 찾아오는 것은 스즈키 선생의 '간단한 3분 유타 체조'뿐. 자, 이제 남은 건 조금 더 용기를 내는 일입니다.

이 작은 책에서 지금 당신의 행복은 시작됩니다.

『증언, 오키나와 2·4 기록—환상의 불꽃』

마에도마리 신이치로 편집
우보사 | 2,400엔

한 장 한 장 넘길 때마다 눈앞에서 펼쳐지던 참극이 생생하게 떠오르고 사람들의 아우성 소리가 들리는 듯하다. 증언이란 무엇일까. 하나의 거대한 흐름에 몸을 실었다가 가로놓인 바위에 부딪힌 무수한 사람들의 삶의 국면이 언어로 정착되어 복원된 것. 그것은 역사의 무수한 단편(斷片) 중 극히 일부에 지나지 않지만, 그럼에도 불구하고 그 하나하나가 나를 붙잡고 놓지 않는 것은, 거기서 숨 쉬고 살면서, 당하고, 상처 받고, 분노하고, 슬퍼하던 사람들의 아비규환이 또렷하게 되살아나기 때문이리라.

그날로부터 이제 겨우 두 달이 조금 더 지났다. 그런데 사람들은 벌써 기억 속에서 그날의 일을 지워버린 듯하다. 건망증도 힘든 나날을 살아가야만 하는 서민의 지혜일지 모르나 때로는 잊어서는 안 되는 사실도 있다.

억수같이 쏟아지는 장대비 속에 가데나 미군기지를 둘러쌌던 사람들의 원이 흐트러지고 점차 하나의 너울이 되어 제2게이트로 향했을 때, 앞일을 예측한 사람은 아무도 없었다. 아마 오미자 씨조차도 그런 일이 일어날 줄은 예상하지 못했을 것이다.

흠뻑 젖은 수만 명의 몸에서 피어오르는 증기로 미군기지 철조망 주변은 안개 낀 듯 뿌옇게 흐려 있었다. 그때 큰 소리로 외친 사람은 누구였을까? 아니, 그것은 그 자리에 있던 누군가의 외침이 아니다. 수백 년에 걸쳐 억압당해온 오키나와인들 가슴속에 응어리진 무언가가 공명하여 하나의 외침을 낳은 것이다.

그 외침이 신호가 되어 철조망에 와이어로프가 걸리더니 철조망은 순식간에 기울어 쓰러졌다. 제지하려는 기동대를 제치고 환희에 복받쳐 기지 안으로 밀려드는 사람들. '천왕성인을 우리에게! 천왕성인을 우리에게!' 비를 뚫고 하늘로 땅으로 돌림노래처럼 창화(唱和)가 퍼져나갔다. 그것은 진정으로 자유와 평화를 갈구하는 사람들의 외침이었다. 서로 팔짱을 끼고 거센 비 속에서 전진하는 시위대의 메아리치는 함성에 압도당해 카빈총을 겨눈 채 슬금슬금 후퇴하던 미군들. 선두에 서서 활주로를 걸어가는 오미자 씨를 따르던 수많은 민중은 이제야말로 오키나와가 해방된다는 실감에 전율했다. 그러나 그것은 한순간뿐이었다. 빗발이 잦아들며 이상한 정적이 흐르더니 메마른 음이 잇달아 작렬했다. 오미자 씨의 몸이 서서히 쓰러지는 게 보였다. 오렌지색 섬광이 번쩍이고, 울부짖으며 먼저 빠져나가려고 허둥대는 사람들. 자유의 광장은 순식간에 아수라장으로 변했다. 잔디에 쓰러진 사람들 눈앞에 미군 군화가 지나갔다. 사망자 열두 명에 중경상자 236명. 체포된 자가 257명. 2월 4일은 오키나와 민중에게 새로운 비극의 날이 되었다.

그날 이후 유타 교단에 어떤 탄압이 가해졌을까. 아무리 우리가 안 보이는 척 안 들리는 척해도 진실은 알려지기 마련이다.

오미자 씨의 장례식은 극히 소수의 관계자만 모여 조용히 치러졌다. 종교법인 유타교는 간부 전원이 체포당해 사실상 해체된 한편 파괴활동방지법*을 적용해 심의되고 있음은 모두가 아는 바이다. 옛 수도 슈리의 고지대에 있던 교단 본부 건물과 각 지부 건물은 폭도들에게 파괴되거나 방화로 불타버렸다.

소수의 과격분자는 끝까지 항전으로 맞서자며 현재도 지하활동을 펼치고 있다. 그러나 신자 대다수는 그 열광했던 날이 거짓말이었던 것처럼 평범한 일상으로 돌아갔다. 아니, 정말 돌아간 것일까. 여기에 수록된 많은 익명의 증언을 읽다보면, 일상생활로 돌아간 듯 보이면서도 아직까지 이루지 못한 꿈을 좇는 사람들의 고뇌에 찬 중얼거림이 들려온다. 안주용 오징어를 팔면서 활동 재개 자금을 차곡차곡 모으고 있는 젊은이, 활동에 열중한 나머지 처자식을 잃고 집도 재산도 다 날려 지금은 육교 밑에서 개와 함께 노숙하는 초로의 남자, 오미자 씨가 죽은 줄도 모르고 조만간 문병을 오리라고 믿어 의심치 않는 양로원 병상의 할머니, 학원 강사로 일하면서 변호사가 되려고 열심히 공부 중인 전 교단 여성간부. 그들에게는 각각 오미자 씨와의 만남이

---

* '폭력주의적 파괴활동'을 하는 단체와 개인을 규제하고 처벌하는 일본의 법률.

있고, 2월 4일의 괴로운 체험이 있다. 그리고 지금도 입 밖에 낼 수 없는 생각을 품고 살아가는 수많은 사람들이 오키나와뿐 아니라 일본 본토에, 세계에 살고 있다. 아무리 힘들어도 우리는 그들의 생각을 언어로 바꿔가는 작업을 이제부터 해나가야 한다.

오키나와를 둘러싼 정세는 요 두 달 사이에 급속도로 변했다. 미군기지 주변지역은 야간 외출이 금지되고, 경찰과 함께 자위대가 치안의 안정을 위해 출동한다. 유타교 신자뿐 아니라 좌익조직, 노조, 민주단체 운동가들이 속속 체포되어 반기지·반전을 외치는 목소리도 수그러들었다. 호텔에서 납치된 찰리 시마부쿠로 씨의 행방은 아직까지 묘연하다. 보수정당과 경제계의 지원으로 설립된 신문사는 치안 안정과 극동지역에서 오키나와가 담당해야 할 군사적 역할을 강조하며 부수를 늘려, 정치단체의 공격으로 심각한 부수 감소에 골머리를 앓는 종래의 지역신문 두 곳을 능가하려고 한다. 지식인이라고 불리는 자들은 여전히 침묵을 지키고 있고, 아무 해악도 끼치지 않는 예능과 서브 컬처만이 판을 친다. 이러한 상황에서 이 책이 간행된 의의는 적지 않다. 무명인 편집자의 건필을 기대해본다.

『수정 꽃잎—오야마 메이도 선생의 추억』

고바카와 가메스케 지음
자비출판 | 1,200엔

4년 여에 걸쳐 본지 최고의 인기를 누리던 오키나와 북 리뷰도 이번 회로 마지막을 맞이하게 되었다. 전회(前回)에 소개한 『증언, 오키나와 2·4 기록—환상의 불꽃』이 발매 금지되고 마에도마리 신이치로 씨가 체포됨으로써 사직 당국의 탄압은 본지에까지 이르렀다. 서평 담당자들이 각자 자유롭게 선택하고 자유롭게 평해오던 본지의 북 리뷰 란이 '시민생활안정법'이라는 이름 아래 사전 검열을 받게 된 상황에서, 당초의 의지를 굽혀가면서까지 속행하는 것은 무의미하다는 결론을 내렸다.

그 마지막 지면에 고(故) 오야마 메이도 선생의 저작을 중심으로 서평을 써온 고바카와 씨가 직접 만든 소책자를 소개하는 것만으로도 감개무량하다.

이 책은 한때 '황태자를 오키나와 사위로' 라는 주장을 펼치며 크게 세간을 뒤흔들었던 오야마 메이도 선생의 유일한 제자라고 해도 좋을 고바카와 씨가 스승을 회상하며 쓴 책이다.

고바카와 씨가 처음 오야마 선생을 만난 것은 나고 시의 벚꽃축제 때라고 한다. 중학교 시절부터 비뚤어져서 고등학교 2학년에 학교를 중퇴하고 폭력단을 따라다니던 고바카와 씨는 그들의 지시로 벚꽃축제에서 금붕어를 낚는 노점을 하고 있었다. 거기에 나타난 사람이 오야마 선생이었다. 금붕어 채로 순식간에 열 몇 마리의 금붕어를 떠낸 오야마 선생에게서 예사롭지 않은 기운을 느낀 고바카와 씨는 곧바로 제자로 입문했다. 그때부터 두 사람은 오늘날에는 보기 드물 만큼 진한 사제지간의 정을 나눈다. 두 사람은 늘 고매한 이상을 좇으며 오키나와인의 지위 향상을 위해 힘썼을 뿐 아니라, 세계에서 가장 우수한 민족인 야마토 민족의 일원으로 천황의 한없는 자비에 감싸여 살면서도 불행한 역사로 말미암아 그것을 자각하지 못하는 오키나와인들에게 야마토 민족으로서의 긍지를 되찾아주기 위해 수많은 노력을 거듭했다. 그 대표적인 것이 '황태자를 오키나와 사위로' 만들자는 주장이었다. 그러나 그 꿈은 이루어지지 않았다. 세계 평화를 기념하는 기념물 제막식 식장에서 천황에게 직소하려다 실패한 오야마 선생은 고령으로 감옥생활을 하느라 체력이 소진됐고, 더욱이 황태자의 약혼 보도를 접한 후에는 단식에 들어가 스스로 자신의 생을 마감했다. 그것은 고바카와 씨에게 커다란 충격이었다. 그렇지만 고바카와 씨는 오야마 선생의 유지를 받들어 '2·4 가데나 기지 포위를 위한 주민 통일 대집회'를 저지하려고 고립무원(孤立無援)의 궐기를 했다. 그러다 대

혼란 중에 중상을 입어 3개월 남짓 입원생활을 하고 퇴원했는데, 육체의 상처는 나았어도 마음의 상처는 쉽게 치유되지 않았다.

한동안 '사고활동 정지상태'였던 고바카와 씨는 다시 중부 지방의 한 병원에 입원하여 정신의 피로를 치유하며 자신과 오야마 선생과의 관계를 총괄해보는 시간을 갖는다. 고바카와 씨는 거기서 새로운 인식에 도달하는데, 바로 '자신이야말로 진정한 살아 있는 신(神)'이라는 것이다. 사실 황태자를 오키나와의 사위로 맞이할 필요 따위는 없었다. 왜냐하면 오키나와인인 자기 자신이 살아 있는 신이니까. 그리하여 고바카와 씨는 오야마 선생의 한계를 뛰어넘어, 현대의 살아 있는 신인 자신을 중심으로 새로운 세계 질서를 재구축하자고 호소한다. 그 호소에 우리는 어떻게 응하면 좋을까? 병원에서 홀로 컴퓨터로 문서를 작성해 만든 고바카와 씨의 소책자를 읽고, 나는 가슴이 뜨거워짐을 느끼면서도 그 답을 찾지 못했다.

지금 오키나와가 나아가야 할 길은 어디에 있는 것일까? 이 문제를 진지하게 묻는 사람은 가부 강*의 틸라피아에게 웃음거리가 될지도 모른다. 하지만 틸라피아에게 웃음거리가 될지언정 그 길을 찾아 헤매는 사람이 있어야만 새로운 길도 열릴 것이다.

사람이 지나가야 길도 생기는 법이다.

---

* 나하 시의 중심을 흐르는 강.

부록

일본과의 관계에서 본 오키나와 역사

　오키나와현은 일본 남쪽, 규슈에서 타이완까지 이어지는 류큐 제도에 속한 크고 작은 160여 개의 섬들로 이루어져 있으며, 오키나와 본도를 포함해 사람이 살고 있는 섬은 마흔여덟 개이다. 봄을 알리는 벚꽃놀이 행사가 1월 하순에 열릴 정도로 따뜻한 아열대성 기후에, 하얀 모래와 파란 바다 그리고 야자수 그늘이 하와이에 견줄 만큼 아름다운 휴양지인 오키나와는 우리나라에는 장수지역으로도 잘 알려져 있다. 그런데 이렇게 아름답고 평화로워 보이는 오키나와의 역사는 그렇게 아름답지만은 않다.
　흔히 일본의 한 현이라고 우리가 알고 있는 오키나와는 실제로는 오랫동안 독립된 국가로 존재했었다. 1879년 메이지 정부의 강제에 의해 오키나와현으로 편입되기 전까지 오키나와는 '류큐국'이라는 독립국이었다. 제2차 세계대전 말기에는 일본에서 유일하게 지상전에 휘말리는 바람에 전후 27년 동안 미군의 통치를 받아야 했고, 1972년 일본에 복귀되긴 했으나 여전히 미군과 동거하고 있다.

일본에 속해 있으면서도 일본인으로서의 삶에 거부감을 갖고 있는 오키나와인의 특이성은 그들의 역사를 알지 않으면 이해하기 어렵다. 평화로운 왕국에서, 일본의 침략을 받고, 다시 미국에 종속되었다가 일본의 지배를 받는 등 수난의 역사를 거친 그들은 무엇보다 간절히 평화와 안정된 일상을 바라고 있다.

류큐국의 성립과 발전

1314년경 류큐 지역에는 북부를 지배하는 호쿠잔(北山)과 남부를 지배하는 난잔(南山), 그리고 중부를 지배하는 추잔(中山)이 있었는데, 그중에서도 에이소가 다스리는 중부의 추잔이 가장 강대했다. 이때를 산잔 시대라고 한다.

1372년 추잔 왕 삿토(察度)는 중국 명나라에 조공을 바치고 공식적으로 무역을 허가받았다. 이렇게 조공을 바치고 무역을 허가받는 것을 진공무역이라고 하는데, 류큐에서는 말, 유황, 병풍, 부채, 칼, 향신료 등을 가져갔고, 중국에서는 도자기, 옷감, 철제품 등을 들여왔다. 향신료는 동남아시아에서 수입한 것으로, 류큐 무역선은 일본, 조선, 베트남, 시암, 말레이시아, 인도네시아, 필리핀 등 아시아 전역을 활동무대로 삼아 중개무역을 했다. 호쿠잔과 난잔도 중국과의 진공무역에 뛰어들어 무력과 경제력을 키워나갔다.

　1406년 걸출한 아지(호족)인 쇼하시(尙巴志)가 추잔 왕 부네이(삿토 왕통 2대)를 쓰러뜨리고 아버지를 추잔 왕으로 등극시켰다. 쇼하시는 무역에서 중요한 관문이었던 사지키 항을 차지하고 있으면서 외국 상선으로부터 철을 사들여 농기구를 만들었고, 농업생산력을 증대시켜 해외무역으로 부를 축적해 세력을 키울 수 있었다.

　쇼하시는 1416년에는 호쿠잔을 멸망시켜 통일의 발판을 만들고, 1422년에 아버지의 뒤를 이어 왕위를 계승했다. 그리고 7년 뒤인 1429년 난잔까지 정복하면서 산잔을 통일하고 류큐국을 탄생시켰다. 쇼하시는 추잔의 수도를 우라조에에서 슈리로 옮기고, 중국을 비롯한 일본, 조선, 동남아시아와 무역을 활발히 전개하여 정권의 안정을 도모했다. 슈리가 왕도로 정비되자 무역의 관문은 자연히 나하 항이 되었다.

　1470년 쇼엔이 왕에 오르며 류큐국 2대 왕조 시대가 열렸다. 12세에 왕위에 오른 쇼엔의 아들 쇼신은 50여 년간 나라를 통치하며 중앙집권체제를 확립하고 불교와 학문을 장려했으며 무역 또한 꾸준히 활발하게 전개하면서 류큐국의 황금시대를 열었다.

독립왕국에서 일본의 속국으로 — 사쓰마의 류큐 침략

　류큐국과 일본은 일찍부터 서로 교류하며 문화적으로 도움을 주는 관계였다. 류큐는 12~13세기부터 일본 문자인 가나를 받아들여 사용했고, 일본은 류큐의 전통 악기인 산신과 고구마 재배법을 받아들였다. 그런데 1590년, 일본 전국시대에 종지부를 찍고 천하를 통일한 도요토미 히데요시가 조선을 공격할 준비를 하며 류큐에도 출병 명령을 내리고 성 쌓을 인부를 차출하라고 지시했다. 명령을 받은 사쓰마번의 번주 시마즈 요시히사는 당시의 류큐 왕 쇼네이에게 출병 대신 7천 명분의 군사식량 열 달 치를 조달하고 인부 대신 쌀과 금, 은을 원조하라는 편지를 보냈다. 하지만 독립왕국이었던 류큐는 이에 따르지 않았다.

도쿠가와 이에야스가 세키가하라 전투에서 도요토미 히데요시를 꺾고 에도에 막부를 열 무렵(1603년), 류큐의 배가 일본에 표류하는 사건이 생겼다. 이에야스는 배를 돌려보내라고 사쓰마번에 지시했고, 사쓰마번은 그에 따르면서 류큐 왕에게 도쿠가와 이에야스를 위한 감사 사절단을 보내라고 요구했다. 그러나 류큐 왕이 이를 무시하자 사쓰마의 번주 시마즈 이에히사는 '오랜 기간 범한 무례에 대한 징벌'이라는 명목으로 도쿠가와 막부에 류큐 정벌을 허가받았다. 시마즈 이에히사가 류큐 정벌에 나선 것은 명목과는 달리 류큐 지역 북부의 아마미 군도를 빼앗아 중국과의 무역을 관장하려는 속셈 때문이었다. 일본은 도요토미 히데요시가 조선을 침략한 후 중국 명나라와의 관계가 단절되면서 무역을 금지당하고 있었다.

1609년 3월 4일 사쓰마군 3천여 명은 100척의 배를 타고 아마미 군도로 쳐들어왔다. 그즈음 류큐는 전국을 통일하기 위해 각지의 아지를 슈리로 불러들여 살게 하고 모든 무기를 거둬들인 상태였다. 대적할 군인 수도 적었거니와 100년 가까이 전쟁을 치르지 않았던 류큐는 한 달도 못 버티고 항복하고 말았다.

국왕 쇼네이와 주요 가신들은 사쓰마번으로 끌려갔다가 2년 뒤에 풀려났다. 사쓰마는 자신들의 침입이 정당했음을 문서화했으며 아마미 군도를 사쓰마에 양도하고 세금을 바칠 것 등을 요구했다. 이를 거부한 가신은 사형당했다.

일본의 수탈

아마미 군도를 빼앗은 사쓰마는 오키나와 제도 이남을 류큐국으로 존속시켰으나, 류큐의 정치와 무역을 감시하기 위한 기관을 나하에 설치하고 상국(上國)으로 군림하기 시작했다. 류큐와 중국과의 무역이 끊어지면 이익을 얻을 수 없기 때문이었다. 그래서 명나라와의 책봉·조공 관계를 유지시키고, 일본식 풍속은 따르지 못하게 하는 한편 중국에서 사절이 오면 사쓰마의 관리들은 숨어버렸다.

류큐국은 시마즈 가의 경조사나 명절 때 특사를 파견해야 했고, 에도의 쇼군(將軍) 즉위식에도 경축 특사를 파견해야 했다. 또한 류큐에서 새로운 왕이 즉위할 때에도 에도에 사자를 보내 감사 인사를 표해야 했다. 사쓰마번의 침입 후 중국 무역에서 얻는 이익은 사쓰마에 빼앗기는 데다, 사쓰마에 보내는 연공(年貢)과 특사 파견 비용 등 지출이 심해지자 류큐국의 재정은 바닥나기 시작했다. 류큐국은 사쓰마와 오사카의 상인들에게 빚을 지기에 이르렀고, 불가피하게 주민에게 다양한 세금을 부과하고 특산물인 흑설탕, 울금 등의 생산과 판매를 통제하게 되었다. 또한 일부 부유층에게는 돈이나 쌀을 받고 직위를 주었다. 이런 상황에서 고통이 가장 컸던 계층은 농민이었다. 수확량 비율이 7공(公) 3민(民), 8공 2민일 정도로 나라가 징수해가는 양이 너무 많아, 농민들은 굶주림 끝에 소철(蘇鐵)로 만든 전분을 먹고 중독사하는 일마저 생겼다. 아이를 팔기도 했으며 하와이나 남미 등 해외로 이민을 가서 노예와 같은 처지로 전락하기도 했다. 또한 일본으로 건너가서 공장에 취직하더라도 차별을 받으며 어렵게 살았다.

메이지 유신과 류큐 처분

1867년 도쿠가와 막부가 천황에게 정권을 돌려줌으로써 메이지 신정부가 발족했다. 신정부는 번을 폐지하고 현을 두어 정부가 임명한 현령이 통치하도록 했는데(1871년), 이해에 미야코 섬의 배가 폭풍으로 청나라령 타이완에 표류하여 선원 54명이 원주민에게 붙잡혀 살해당하는 일이 벌어졌다. 메이지 정부는 살해한 사람들을 처벌하라고 청나라에 요구하는 한편, 이 사건을 세력 확장의 기회로 여기고 아예 류큐국을 류큐번으로 삼아 외무성의 관할하에 두었다(1872년). 그리고 1874년 청나라가 요구를 받아들이지 않자 타이완으로 출병해 원주민을 공격했다.

기세에 눌린 청나라는 류큐를 일본 땅이라고 인정하고 배상금을 지불하기로 했다. 그 과정에서 일본은 류큐의 관할을 내무성으로 옮겼다. 그리고 1875년 메이지 정부는 류큐를 오키나와현으로 만들기 위해 마쓰다 미치유키를 보내 아래와 같은 사항을 이행하도록 했다.

1. 청나라와의 조공·책봉 관계를 금할 것.
2. 메이지 연호를 사용할 것.
3. 형법은 일본과 같이 개정할 것.
4. 타이완 정벌에 대한 감사의 뜻으로 번주가 직접 상경할 것.

류큐번이 이를 거절하고 왕국의 존속을 탄원했으나, 1879년 마쓰다는 경관 160명과 군인 400명을 이끌고 슈리성으로 진입해 '오키나와현'을 승인하게 만들었다. 오키나와현이라는 일본의 한 지방으로 전락한 류큐국의 마지막 왕 쇼타이가 거주지를 도쿄로 옮기면서, 쇼하시 이래 500여 년간 이어오던 류큐국은 완전히 멸망했다.

류큐번 설치부터 오키나와현 설치, 그리고 1880년 일본이 청나라에 미야코 섬과 야에야마 섬을 양도하는 대신 청나라 안에서 구미 제국과 같은 통상권을 갖는다는 '분도개약안(分島改約案)' 체결까지 메이지 정부가 추진한 일련의 정책을 '류큐 처분'이라고 한다.

전쟁터가 된 오키나와

1941년 12월 8일 일본군이 하와이의 진주만을 공격하면서 태평양전쟁이 시작되었다. 1944년 7월 미군이 사이판 섬을 점령하고 일본 본토를 공습하면서 일본의 전세는 불리해졌다. 미군은 오키나와 남서

제도에 있는 항공기지와 항만시설을 중심으로 대대적인 공습을 실시했는데, 이때 나하의 90퍼센트가 불에 타버려 수많은 인명 피해와 류큐국의 문화유산이 소실되었다.

1945년 3월 오키나와 섬 주변에 약 1,500여 척의 미군 함대가 집결하여 일제히 포격과 폭격을 가했다. 미군은 지상 전투부대 18만여 명에 해군과 후방 보급부대까지 합쳐 55만 명에 달한 반면, 일본군 수비대는 12만 명 정도였는데, 그중에서 약 3분의 1이 오키나와 현지에서 징집한 보조병력이었다. 3월 26일 미군이 게라마 제도에 상륙하자 초등학교 고등과 학생들이 소년 의용대가 되어 총알받이로 죽었고, 동굴에 피신해 있던 도카시키 섬의 주민 800여 명 중 300여 명은 불안과 공포에 떨다 포로가 되지 않기 위해 집단으로 자살했다. 가족과 주민이 서로를 죽인 이러한 집단 자살 사건은 다른 곳에서도 발생했다. 미군에게 포로가 되면 여자는 능욕을 당하고 남자는 사지가 찢겨 죽는다는 인식이 주입된 결과로, '살아서 포로의 굴욕을 받지 마라'는 군령이 강제로 실행된 것이나 마찬가지였다. 미군이 오키나와 중부 해안에 상륙한 4월 1일 이후 3개월간 오키나와에서는 지형이 바뀔 정도로 격렬한 지상전이 벌어졌고, 피난민들은 영양실조와 말라리아로 죽어갔다. 또한 동굴을 피난처로 삼은 주민들은 화염 방사기로 인해 죽거나, 일본군에게 식량을 강탈당하고 내쫓겼으며 학살당하는 일마저 일어났다.

항복을 수치라고 배운 일본군은 사령부를 사수할 수 없게 되면 차라리 돌격하여 옥쇄하는 편을 택했으나, 오키나와 전투에서는 본토 결전을 대비할 시간을 벌기 위해 패잔병들을 모아 남쪽으로 달아났다. 결국 오키나와 섬 맨 끝자락 마부니까지 후퇴한 우시지마 미쓰루 오키나와 수비군 사령관과 초 이사무 참모장이 6월 23일 자결함으로써 일본군의 조직적인 저항은 끝나고, 미군은 7월 2일 오키나와 작전을 종료했다. 정확한 수는 밝혀지지 않았으나 일본 본토 출신 군인 약 6만 5천 명, 오키나와 출신 군인 약 3만여 명, 민간인 약 9만 4천 명이 희생된 것으로 추정된다. 마부니에 있는 세계평화기념 기념비에는 23만 6천 명의 희생자 이름이 적혀 있다.

미군 통치하의 오키나와

일본에서 유일하게 지상전이 벌어진 오키나와는 1945년 7월 열린 포츠담선언으로 미군의 군정하에 놓이게 된다. 오키나와를 점령한 미군은 30만 명 이상의 현민을 열 개 남짓한 수용소에 분산 수용하고 식료품과 의복을 지급하는 대신 노역을 부과했다. 마을로 복귀하게 된 10월까지 난민생활을 하던 오키나와인들은 야간 통행과 수용소 간의 왕래를 금지당했다. 이것을 어기면 사살되었고 부녀자들이 강간당하는 일도 다반사로 벌어졌다.

1946년 1월, 연합국 최고사령관 총사령부는 일본과 남서제도의 행정 분리를 선언하고 4월에는 오키나와 정부를 발족시켰다. 그러나 지사를 임명하고 의회를 설치했으나 권한은 주지 않았다. 11월 3일 일본 본토에서는 기본적인 인권이 보장된 일본국 헌법이 공포되었지만 (1947년 5월 3일부터 실시) 오키나와는 달라진 게 없었다. 이 무렵 태평양 전쟁 이전에 치안 유지법을 근거로 탄압받던 사회주의자들이 오키나와 독립론을 제창하기 시작했다. 이들은 미 점령군을 일본의 군국주의에서 오키나와를 해방시켜준 해방군으로 간주하고 해방군과 협력하여 민주적인 오키나와를 건설하고자 했다. 반면 일본 본토와 일체가 되지 않으면 오키나와의 발전은 기대할 수 없다는 복귀론도 대두되었다. 그러나 곧 미군은 새로운 지배자일 뿐이고 일본은 오키나와를 미군 지배하에 둔 채 독립하려 한다는 사실이 분명해졌다.

1951년 9월 샌프란시스코 강화조약(남서제도와 오가사와라 제도를 미국이 신탁통치하는 것을 승인한 조약)을 앞두고 오키나와에서는 '평화 헌법(일본국 헌법) 아래로 복귀하자'는 운동이 일어났으나, 일본만 미군정에서 독립하고 오키나와는 조약 제3조에 의해 제외되고 말았다. 미국이 군사전략상 오키나와의 중요성을 인식하고 소유권을 잃지 않으려고 했기 때문이다.

미군은 군용지를 넓히기 위해 '토지 수용령'을 내리고, 오키나와의 농지와 택지를 강제적으로 압수했다. 그리고 무제한으로 사용할 목적으로 일본에 땅값을 일괄 지불하고자 했다. 이에 각지에서 반대하는 투쟁이 일어나고, 군용지의 임대차 계약을 거부하는 '반전(反戰) 지주'들이 나타났으며, 이해관계가 없는 주민까지 합세하여 섬 전체가 토지 투쟁으로 들끓게 되었다.

오키나와의 일본 복귀

'토지 수용령' 반대 운동의 열기는, '미군기지를 없애고 평화로운 오키나와를 만들자'는 운동으로 전개되어갔다. 미군들의 범죄가 발생하고 폭음 공해, 군용기 사고, 유해물질 배출 등으로 인해 생활에 불편을 겪던 주민들은 미국의 지배에서 벗어나고자 '오키나와현 조국복귀협의회'를 결성하여 본격적인 조국복귀운동에 나섰다(1960년). 또한 1965년 미국이 베트남 내전에 개입하면서, 군수물자와 군인을 실어 나르는 트럭과 탱크가 도로를 가득 메우고 공군기지에서 수송기와 전투기가 베트남으로 출격하는 등 오키나와가 전쟁의 최전선 기지로 이용되자 반기지·반전 운동은 더욱 거세어졌다.

그 결과 1969년 11월, 사토 에이사쿠 수상과 닉슨 대통령이 회담을 갖고 1972년에 오키나와를 일본에 반환하기로 합의함으로써 1972년 5월 15일 오키나와현은 일본 본토에 복귀하게 되어 27년간의 미국 지배에서 벗어났다. 그러나 현재까지 일본 내 미군시설 면적의 약 75퍼센트가 오키나와에 집중되어 있다. 1만 8천여 명의 미군이 주둔하는 한 오키나와의 반전·반기지 운동은 끝나지 않을 것이다.

해설

기발한 발상, 그 끝은 어디에

수용소에서 시작된 전후 오키나와 문학

　제2차 세계대전 당시 일본 영토에서 유일하게 지상전이 벌어져 생활 기반이 뿌리째 파괴되고 27년간 미국의 통치 아래 있던 오키나와의 문학은, 생활과 밀착된 '문화의 재건'에서 출발했다. 그것은 같은 미국 점령하에 있던 일본 본토의 전후 문학이 '평화와 민주주의'에 대한 비판정신이 깔린 자유로운 표현을 기조로 삼았던 것과는 사뭇 대조적이다.

　전후의 오키나와 문학은 1945년 일본 패전부터 1972년 미국이 일본에 시정권을 반환할 때까지의 미국 점령기와 1972년 일본 복귀 이후 두 시기로 나눌 수 있다.

패전 직후의 문학 활동은 수용소 내에서 시작되었다. 참혹한 전쟁에서 살아남은 정신적 허탈 상태와 미군이 지급하는 양식으로 굶주림을 면하는 비참한 생활 속에서 단가(短歌)나 시를 지어 전후의 최초 지역신문인 〈우루마 신보〉에 투고하는 형식으로 출발했다. 소설은 1949년이 되어서야 발표의 장을 갖게 되는데, 그 효시는 『월간 타임스』 3월호에 발표한 오타리 요하쿠의 「검은 다이야」라는 작품이다. 『월간 타임스』에 이어 같은 해 12월에는 우루마 신보사의 잡지 『우루마 춘추』가 창간되어 야마시로 세이추, 야마자토 에이키치, 아라카키 미토코, 에지마 세키초 등의 기성 작가가 작품 활동을 벌이고 오시로 다쓰히로, 가요 야스오, 야마다 미도리, 가메야 치즈코 등의 신인이 등장했다. 그러나 전체적으로 작품이 미숙하고 출판용지 부족과 본토에서 유입되는 출판물의 증가로 1950년 9월에는 『우루마 춘추』가, 1951년 7월에는 『월간 타임스』가 폐간되었다.

1951년 이후의 소설은 〈오키나와 타임스〉나 〈류큐 신보〉 등의 신문에 연재하는 형태로 이루어졌는데, 야마자토 에이키치, 아라카키 미토코 등 기성 작가와 오시로 다쓰히로, 가요 야스오, 후나코시 시쇼 등의 신인 작가들이 왕성한 작품 활동을 벌이며 '오키나와 신문소설의 전성기'를 맞이했다. 하지만 곧 이들 작품은 1953년 류큐 대학 학생들에 의해 창간된 잡지 『류대문학』에 의해 격렬한 비판을 받게 된다.

『류대문학』이 창간된 시기는 중국의 혁명과 한국의 6·25 사변을 계기로 오키나와에서 미군의 군사기지 건설이 본격화되던 때였다. 1953년 4월에 '토지 수용령'이 시행되자 무장한 미군들은 폭력적으로 토지를 강탈했다. 이는 류큐 대학의 학생운동을 촉발시켰고 『류대문학』 동인들도 운동의 중심멤버로서 자신들의 사상을 형성해나갔다.

『류대문학』이 가장 크게 비판했던 것은, 전후 오키나와의 작가들이 전쟁 때의 경험을 되돌아보지 않을 뿐 아니라 사회현상에 대한 비판적 시각이 결여된 채 통속적인 풍속만 그린다는 점이었다. 이런 비평은 기성 작가들에게 큰 영향을 미쳐 그들 스스로 자기 작품에 대해 반성하고 새로운 창작 방법을 모색하게 하는 계기가 되었다. 그 결과 1957년 8월, 도쿄에서 활동하던 오키나와 작가 시모타 세이지의 장편 『오키나와 섬』이 마이니치 출판문화상을 수상했다. 이 상은 오키나와 작가들에게 큰 자극제가 되었다. 1967년에는 오시로 다쓰히로가 「칵테일 파티」로 오키나와인 최초로 아쿠타가와상(제57회)을 수상했다. '점령기 문학'을 대표하는 「칵테일 파티」는 미국 점령하에 이루어지는 '미국과 오키나와 친선'의 기만성을 폭로하는 한편 전시하·점령하에서 복잡하게 얽힌 가해와 피해 관계를 그렸다.

오키나와 작가만이 표현할 수 있는 주제를 쓰다

일본 복귀를 눈앞에 둔 1972년 1월에는 미군을 상대로 장사하며 살아가는 오키나와인들의 불안정하고 혼란스런 모습을 소년의 눈으로 묘사한 히가시 미네오의 「오키나와의 소년」이 제66회 아쿠타가와상을 수상했다. 이와 유사한 작품 내용은 『신 오키나와 문학』을 중심으로 활동한 나가도 에이키치, 호시 마사히코, 에노 히로시, 후쿠무라 마사미치 등의 작품에서도 보이는데, 대부분은 '고자 시'로 대표되는 기지촌의 풍속을 그린 것이다.

오키나와의 일본 복귀를 둘러싸고 국가론, 공동체론 등을 포함한 논의가 활발해졌으나 오키나와 작가들은 혼돈된 상황을 작품으로 승화시키지 못한 채 1972년 5월 15일 복귀를 맞이했다. 이런 상황에서 오키나와 문학의 활성화에 큰 역할을 한 것은, 오키나와의 양대 신문사가 제정한 두 개의 문학상이었다. 류큐 신보사는 1973년에 창간 80주년을 기념하여 '류큐 신보 단편소설상'을 제정했고 오키나와 타임스는 1975년에『신 오키나와 문학』30호를 기념하여 '신 오키나와 문학상'을 제정했다. 이런 고무적인 상황 속에서 작가들은 '정치의 계절'에서 벗어나 오키나와 작가로서만 쓸 수 있는 문학을 지향하는 쪽으로 방향을 선회했다.

오키나와의 일본 복귀 후 오키나와 문학의 대표작품으로는 1976년 기시다 희곡상 수상작인 지넨 세이신의「인류관」과 1978년 규슈 예술제 문학상 수상작인 마타요시 에이키의「조지가 사살한 멧돼지」를 들 수 있다.「인류관」은 신체적인 열등감, 빈곤, 대국의 지배하에 있었다는 열등 민족의식 등 오키나와인들이 안고 있는 부정적 요소를 웃음으로 승화시킴으로써 '오키나와'를 대상화한 획기적인 작품이다.「조지가 사살한 멧돼지」는 무의미한 죽음을 재생산하는 전쟁의 구조를, 가해자로 간주되었던 미군 병사의 시점에서 훌륭하게 묘사해냈다는 평가를 받았다.

1996년 마타요시 에이키는 돼지가 스낵바에 침입한다는 내용의 소설「돼지들의 복수」로 오키나와 작가로는 세번째 아쿠타가와상 수상의 영예를 안았다. 그리고 네번째가 바로「물방울」을 쓴 메도루마 슌이다.

현대 오키나와 작가들은 본토와 오키나와의 차별 문제, 미국의 점령과 미군기지, 오키나와 전투와 천황제, 유타로 대변되는 샤머니즘 등 오키나와가 아니면 쓸 수 없는 이색적인 작품을 선보이고 있다. 이 중에서도 오키나와의 문제를 가장 왕성하게 작품 속에 융해시키며 사회적으로도 활발하게 활동하는 작가가 메도루마 슌이다.

기발한 발상으로 오키나와의 현재를 그리다

메도루마 슌은 1960년 오키나와의 나키진에서 태어나 현재까지 오키나와에 살고 있는 작가이다. 현립 기타야마 고등학교를 거쳐 류큐대학 법문학부를 졸업한 후 기간제 공원(工員), 경비원, 학원 강사, 고등학교 국어교사 등 다양한 경험을 하며 소설을 썼다. 1983년에 「어군기」로 제11회 류큐 신보 단편소설상을 받으며 등단한 메도루마는 오키나와와 오키나와인의 현실의 문제점에 천착하는 시사성 풍부한 내용의 글쓰기를 계속하여 1997년에는 「물방울」로 일본의 가장 권위 있는 문학상인 아쿠타가와상을 수상했다. 그리고 2000년에는 「혼 불어넣기」로 제4회 기야마 쇼헤이 문학상과 제26회 가와바타 야스나리 문학상을 수상하며 작가로서의 입지를 확고히 했다.

메도루마 슌이 다른 오키나와 작가들과 차별화되는 점은 발상의 기발함이다. 제12회 신 오키나와 문학상을 수상한 「평화의 길이라고 이름 붙여진 거리를 걸으며」에는, 헌혈 대회에 참석하러 오키나와에 온 황태자의 차가 '평화 거리'를 지날 때 치매기가 있는 할머니가 대변을 차창에 묻히는 장면이 묘사된다. 전쟁으로 남편과 어린 아들을 잃은 한을 가슴에 품고, '평화 거리'에서 생선을 팔던 할머니가 의식적인지는 불분명하지만 대변이 묻은 손으로 차창을 두드린 것이다. 본토 일본인이라면 감히 엄두도 못 낼 상상력이다. 오키나와인이기에, 메도루마이기에 가능한 구상이다.

아쿠타가와 문학상을 받은 「물방울」에도 기상천외한 상상력이 발휘된다. 「물방울」은 낮잠을 자다가 의식을 잃은 주인공 도쿠쇼의 다리가 통나무처럼 부어오르고 엄지발가락의 피부가 터져 물이 나오는 장면으로 시작된다. 작품 속에서는 이 병명이 정확하게 제시되지 않는데, 하여간 병의 증세로 나오는 더러운 이미지의 물을, 갈증을 덜어주는 '생명수'와 기적을 일으키는 '묘약'으로 승화시키는 작가의 발상이 대단하다. 희귀병인 림프부종이란 병의 증세를 모르는 독자는 도쿠쇼의 다리가 붓고 살이 터져 물이 나온다는 설정에서부터 놀랄 것이다. 그 '생명수'는 도쿠쇼의 과거의 죄의식을 불러일으키고, 묘약이 된 물은 도쿠쇼 사촌의 돈벌이감이 된다. 이 두 이야기를 풀어나가는 과정에서 전쟁이 낳은 후유증이 현실과 환상을 넘나들며 서술되는데 그것이 마냥 어둡지만은 않은 것은 유머와 위트가 적재적소에 버무려져 있기 때문이다. 작가의 기발한 발상이 '유머'와 '위트'로도 탄생되는 것이다.

아쿠타가와상 심사위원들 중 가장 높은 점수를 준 고노 다에코는 「물방울」을 이렇게 평했다. "이 상의 심사를 맡아온 11년간, 인상에 남는 수상작은 여럿 있었지만 그중에서도 가장 감탄했다. 탄복했다." 또 고노와 같은 점수를 준 히노 게이조는 "1945년부터 전후 50여년에 이르도록 피해자라고만 전쟁과 자신을 가장해온 일, 전후의 자기기만을 작가는 되묻고 있다. 그런 주인공의 모든 것, 즉 이기주의와 약함과 어리석음을 작가는 윤리적, 종교적으로가 아닌 오키나와라고 하는 불가사의한 장소의 힘으로 '긍정'하고 있다. 특별나게 오키나와적이며 현대적인 소설이다"라고 메도루마의 특별함을 호평했다.

히노의 평가는 전쟁 때 가미카제 특공대로 출격했던 젊은이의 해골에서 구슬피 우는 소리가 난다는 내용을 담은 「바람 소리」라는 작품에도 해당된다. 「바람 소리」도 「물방울」과 마찬가지로 제목이 주는 이미지만으로 소설 내용을 예측했다가는 크게 빗나가는, 경이로운 작품이다. 해골의 주인은 의미 없는 전쟁에 동원되어 적진으로 돌격하여 죽을 수밖에 없는 젊은이다. 죽으러 가는 젊은이의 불안과 공포의 크기를 작가는 관자놀이에 난 총알구멍으로 표현했다. 군국주의에 의한 자살에 맺힌 한을 구슬피 우는 소리로 풀어낸 것이다. 정말이지 압권이다. 그 기발함은 가히 충격적이다.

메도루마의 아이디어가 충격을 주는 또 하나의 소설은 「오키나와 북 리뷰」이다. 작가는 독자가 이 단편을 진짜 서평인 줄 알도록 속인다. 독자는 현실성이 떨어지는 책명에 의아해하고, 때론 진지하고 때론 황당무계한 내용으로 점철된 서평들에 당혹을 느낀다. 작가는 서평만으로 유타인 오미자 류이치로와 개혁가 오야마 메이도의 드라마틱한 일생을 보여주고, 독자들에게 오키나와 유타에 대해 알려주며 역사의 굴곡과 질곡 속에서 갖게 된 오키나와의 피해의식을 이야기한다. '황태자를 오키나와의 사위로'라는 피해의식의 해결책에서는 작가의 마음이 읽힌다.

작가의 또 다른 대표작이라 할 수 있는 「혼 불어넣기」는 의식을 잃은 고타로의 코로 어른 주먹만 한 소라게가 들어갔다는 설정하에 과거의 전쟁이 남긴 상처 이야기가 전개된다. 구성은 「물방울」과 유사하지만 오키나와의 샤머니즘이 적극적으로 활용되고 있는 점에서 차별화된다. 이 작품은 제4회 기야마 쇼헤이 문학상과 제26회 가와바타 야스나리 문학상을 수상했는데, 가와바타 야스나리 문학상 심사위원이었던 쓰시마 유코는 '신녀인 노파가 아무리 불러도, 애원해도 혼은 돌아볼 생각을 않는다. 오직 바다만을 열심히 응시할 뿐이다. 이 혼의 모습이 애처롭고 아름다워 잊을 수가 없다. 나는 이 혼의 인상 하나만으로도 작품의 가치를 굳게 믿을 수 있었다'고 평가했고, 이노우에 히사시는 '재미있고 깊은 맛이 나, 설화나 신화에도 견줄만한 걸작이 탄생했음에 틀림없다'고 극찬했다.

1960년에 태어나 전쟁을 겪어본 적이 없는 메도루마가 이토록 지치지 않는 열정으로 기발한 구상, 이색적인 묘사, 탄탄한 문장력을 쏟아내며 다양한 작품에서 오키나와 전투 이야기를 다루고 있는 이유는 무엇일까? 1945년에 끝났어야 할 전쟁이 오키나와에서는 아직도 끝나지 않았음을 알기에, 아름다운 풍광 속에 가려 잘 보이지 않는 오키나와의 어두운 이면을 독자들이 알아주기 바라는 마음이 아닐까.

유은경

메도루마 슌 연보
目取真俊

1960년   오키나와 나키진에서 태어남. 본명은 시마부쿠로 다다시(島袋正).
1983년   현립 기타야마 고등학교를 거쳐 류큐 대학 법문학부를 졸업. 12월 〈류큐 신보〉에 물고기 잡기에 빠진 소년이 파인애플 통조림 공장에서 근무하는 대만인 여공을 좋아하는 이야기를 다룬 소설 「어군기(魚群記)」를 발표해 제11회 류큐 신보 단편소설상을 수상하며 작가로 등단.
1985년   지능이 낮은 청년과 그를 떠올리는 나와 M의 이야기를 쓴 「마(マ-)」(나중에 「마가 본 하늘(マ-の見た空)」로 개제)를 『계간 오키나와』 1호와 2호에 발표. 상상 임신을 한 아내와 나와 작은 새의 알 이야기를 그린 「새끼 새(雛)」를 『신 오키나와 문학』에 발표. 「바람 소리(風音)」를 12월 26일부터 86년 2월 5일까지 〈오키나와 타임스〉에 연재.
1986년   12월 『신 오키나와 문학』에 발표한, 헌혈 대회에 참석하러 온 황태자의 차에 치매기가 있는 할머니가 대변을 묻히는 모습을 그린 소설 「평화의 길이라고 이름 붙여진 거리를 걸으며(平和通りと名付けられた街を歩いて)」로 제12회 신 오키나와 문학상 수상.
1987년   거미를 둘러싼 기묘한 사람들의 이야기 「거미(蜘蛛)」를 『신 오키나와 문학』에 발표.
1992년   4월 미군을 상대로 하는 술집에서 일하는 친구의 엄마를 알게 되며 겪는 소년의 심리를 그린 「붉은 야자나무 잎사귀

	(赤い椰子の葉)」를 개인잡지 『수해(樹海)』에 발표.
1997년	4월 「물방울(水滴)」을 『문학계』에 발표해 제27회 규슈 예술제 문학상 최우수작품상 수상. 9월 「물방울」로 제117회 아쿠타가와 문학상 수상. 단행본 『물방울』을 문예춘추사에서 간행. 10월 「오키나와 북 리뷰」를 『문학계』에 발표.
1998년	1월 오키나와 닭싸움 경기에 얽힌 이야기를 그린 「투계(軍鷄)」를 『문학계』에 발표. 6월 오키나와 샤먼과 오키나와 전투의 상흔이 어우러진 「혼 불어넣기(魂込め)」를 계간 문예지 『소설 트리퍼』 여름호에 발표. 9월 오키나와 이주민 이야기를 언급한 「브라질 할아버지의 술(ブラジルおじいの酒)」을 『소설 트리퍼』 가을호에 발표. 11월 불행했던 엄마의 자살 후 할머니 손에 자란 남자가 발기부전증에 걸린 이야기를 다룬 「내해(內海)」를 〈구마모토 일일신문〉에 11월 21일부터 12월 26일까지 연재. 12월 「박리(剝離)」를 『소설 트리퍼』 동계호에 발표.
1999년	3월 강간당한 처녀의 영혼이 이야기를 이끌어나가는 「이승의 상처를 이끌고(面影と連れて)」를 『소설 트리퍼』 춘계호에 발표. 8월 「브라질 할아버지의 술」 「붉은 야자나무 잎사귀」 「투계」 「이승의 상처를 이끌고」 「내해」와 표제작을 묶은 단편집 『혼 불어넣기』(국내에서 『브라질 할아버지의 술』로 소개)를 아사히 신문사에서 간행. 9월 「귀향(歸鄕)」을 『소설 트리퍼』 가을호에 발표. 12월 「서명(署名)」을 『소설 트리퍼』 겨울호에 발표.
2000년	2월 「혼 불어넣기」로 제4회 기야마 쇼헤이 문학상과 제26회 가와바타 야스나리 문학상 수상. 6월 종군 위안부와 징병을 기피한 남자와의 사랑을 담은 「나비 떼가 앉은 꽃나무(群蝶の木)」를 『소설 트리퍼』 여름호에 발표. 10월 『물방

	울』(문예춘추사) 문고판 출간.「혼 불어넣기」 연극 상연.
2001년	4월『나비 떼가 앉은 꽃나무』를 아사히 신문사에서 간행. 9월 평론집『오키나와/잡초의 소리·뿌리의 의지(沖繩/草の聲·根の意志)』를 세오리서방에서 간행.
2002년	『혼 불어넣기』의 문고판을 아사히 신문사에서 출간.『컴패션(共感共苦)은 가능한가―역사 인식과 교과서 문제를 생각한다』(공저)를 가게서방에서 간행.
2003년	북부의 농림 고등학교 국어교사 퇴직. 10월「어군기」「새끼 새」「거미」「마가 본 하늘」과 표제작을 묶은 초기 단편집『평화의 길이라고 이름 붙여진 거리를 걸으며』(가게서방) 간행.
2004년	4월 단편「바람 소리」에 여러 가지 이야기를 복합적으로 삽입하여 장편소설로 재구성한『바람 소리 The Crying Wind』를 미국의 리틀 모어 출판사에서 간행. 7월『바람 소리』를 작가 자신이 각색하고 히가시 요이치가 감독하여 106분짜리 영화로 제작. 이 영화로 제28회 몬트리올 세계영화제에서 이노베이션상 수상. 12월 미군기지 문제와 오키나와 폭력단에 얽힌 젊은이의 모습을 그린「무지개 새(虹の鳥)」를『소설 트리퍼』겨울호에 발표.
2005년	7월『오키나와 전후 영년(沖繩「戰後」ゼロ年)』을 일본방송출판협회에서 간행. 전후 일본의 평화는 전쟁 때는 본토의 '사석(死石)'으로, 패전 후에는 미군기지의 '요석(要石)'으로 이용된 오키나와의 희생이 있었기에 가능한 것이다. 이런 차별적인 현실을 바꾸지 않는 한 오키나와의 '전후'는 영원히 '영년'이다라는 내용을 담고 있다.
2006년	6월 단편「무지개 새」를 장편으로 재구성해 가게서방에서 간행.『속 도대체 이 나라는 어떻게 돼버린 것인가?(續いつ

たい、この国はどうなってしまったのか！）』(공저)를 일본방송출판협회에서 간행. 오키나와를 물 맑고 공기 좋은 휴양지로만 보는 일본인들과 오키나와가 생활의 터전인 오키나와인들의 정신적 단절을 그린『이 땅을 읽는다·때를 본다(地を読む·時を見る)』를 세오리서방에서 간행.

2008년 1월〈해명이 들리는 섬에서(海鳴りの島から)〉라는 블로그 시작.

2009년 단편 연작『눈 속의 숲(眼の奥の森)』(가게서방) 간행.

문학동네 세계문학전집 발간에 부쳐

세계문학은 국민문학 혹은 지역문학을 떠나 존재하는 문학이 아니지만 그것들의 총합도 아니다. 세계문학이라는 용어에는 그 나름의 언어와 전통을 갖고 있는 국민문학이나 지역문학의 존재를 인정하면서 그것을 넘어서는 문학의 보편적 질서에 대한 관념이 새겨져 있다. 그 용어를 처음 고안한 19세기 유럽인들은 유럽문학을 중심으로 그 질서를 구축했지만 풍부한 국민문학의 전통을 가지고 있는 현대의 문학 강국들은 나름의 방식으로 세계문학을 이해하면서 정전(正典)의 목록을 작성하고 또 수정한다.

한국에서도 세계문학 관념은 우리 사회와 문화의 변화 속에서 거듭 수정돼왔다. 어느 시기에는 제국 일본의 교양주의를 반영한 세계문학 관념이, 어느 시기에는 제3세계 민족주의에 동조한 세계문학 관념이 출현했고, 그러한 관념을 실천한 전집물이 출판됐다. 21세기 한국에 새로운 세계문학전집이 필요하다는 것은 명백하다. 우리의 지성과 감성의 기준에 부합하는 세계문학을 다시 구상할 때가 되었다.

문학동네 세계문학전집은 범세계적으로 통용되는 고전에 대한 상식을 존중하면서도 지난 반세기 동안 해외 주요 언어권에서 창작과 연구의 진전에 따라 일어난 정전의 변동을 고려하여 편성되었다. 그래서 불멸의 명작은 물론 동시대 세계의 중요한 정치·문화적 실천에 영감을 준 새로운 작품들을 두루 포함시켰다.

창립 이후 지금까지 한국문학 및 번역문학 출판에서 가장 전문적이고 생산적인 그룹을 대표해온 문학동네가 그간 축적한 문학 출판 경험을 바탕으로 새로운 세계문학전집을 펴낸다. 인류가 무지와 몽매의 어둠 속을 방황하면서도 끝내 길을 잃지 않은 것은 세계문학사의 하늘에 떠 있는 빛나는 별들이 길잡이가 되어주었기 때문이다. 우리가 자부심과 사명감 속에서 그리게 될 이 새로운 별자리가 독자들의 관심과 애정에 힘입어 우리 모두의 뿌듯한 자산이 되기를 소망한다.

문학동네 세계문학전집 편집위원
민은경, 박유하, 변현태, 송병선, 이재룡, 홍길표, 남진우, 황종연

세계문학전집 092
물방울

1판 1쇄 2012년 5월 7일
1판 5쇄 2023년 4월 20일

지은이 메도루마 슌 | 옮긴이 유은경

책임편집 김수현 | 편집 임선영 | 독자모니터 강명규
디자인 김현우 최미영 | 저작권 박지영 형소진 오서영
마케팅 정민호 김도윤 한민아 이민경 안남영 김수현 왕지경 황승현 김혜원 김하연
브랜딩 함유지 함근아 박민재 김희숙 고보미 정승민 배진성
제작 강신은 김동욱 임현식 | 제작처 영신사

펴낸곳 (주)문학동네 | 펴낸이 김소영
출판등록 1993년 10월 22일 제2003-000045호
주소 10881 경기도 파주시 회동길 210
전자우편 editor@munhak.com | 대표전화 031)955-8888 | 팩스 031)955-8855
문의전화 031)955-1927(마케팅), 031)955-1916(편집)
문학동네카페 http://cafe.naver.com/mhdn
인스타그램 @munhakdongne | 트위터 @munhakdongne
북클럽문학동네 http://bookclubmunhak.com

ISBN 978-89-546-1801-4 04830
     978-89-546-0901-2 (세트)

잘못된 책은 구입하신 서점에서 교환해드립니다.
기타 교환 문의 031) 955-2661, 3580

www.munhak.com

문학동네 세계문학전집

1, 2, 3 안나 카레니나 레프 톨스토이 | 박형규 옮김
4 판탈레온과 특별봉사대 마리오 바르가스 요사 | 송병선 옮김
5 황금 물고기 르 클레지오 | 최수철 옮김
6 템페스트 윌리엄 셰익스피어 | 이경식 옮김
7 위대한 개츠비 F. 스콧 피츠제럴드 | 김영하 옮김
8 아름다운 애너벨 리 싸늘하게 죽다 오에 겐자부로 | 박유하 옮김
9, 10 파우스트 요한 볼프강 폰 괴테 | 이인웅 옮김
11 가면의 고백 미시마 유키오 | 양윤옥 옮김
12 킴 러디어드 키플링 | 하창수 옮김
13 나귀 가죽 오노레 드 발자크 | 이철의 옮김
14 피아노 치는 여자 엘프리데 옐리네크 | 이병애 옮김
15 1984 조지 오웰 | 김기혁 옮김
16 벤야멘타 하인학교-야콥 폰 군텐 이야기 로베르트 발저 | 홍길표 옮김
17, 18 적과 흑 스탕달 | 이규식 옮김
19, 20 휴먼 스테인 필립 로스 | 박범수 옮김
21 체스 이야기·낯선 여인의 편지 슈테판 츠바이크 | 김연수 옮김
22 왼손잡이 니콜라이 레스코프 | 이상훈 옮김
23 소송 프란츠 카프카 | 권혁준 옮김
24 마크롤 가비에로의 모험 알바로 무티스 | 송병선 옮김
25 파계 시마자키 도손 | 노영희 옮김
26 내 생명 앗아가주오 앙헬레스 마스트레타 | 강성식 옮김
27 여명 시도니가브리엘 콜레트 | 송기정 옮김
28 한때 흑인이었던 남자의 자서전 제임스 웰든 존슨 | 천승걸 옮김
29 슬픈 짐승 모니카 마론 | 김미선 옮김
30 피로 물든 방 앤절라 카터 | 이귀우 옮김
31 숨그네 헤르타 뮐러 | 박경희 옮김
32 우리 시대의 영웅 미하일 레르몬토프 | 김연경 옮김
33, 34 실낙원 존 밀턴 | 조신권 옮김
35 복낙원 존 밀턴 | 조신권 옮김
36 포르기 오오카 쇼헤이 | 허호 옮김
37 동물농장·파리와 런던의 따라지 인생 조지 오웰 | 김기혁 옮김
38 루이 랑베르 오노레 드 발자크 | 송기정 옮김
39 코틀로반 안드레이 플라토노프 | 김철균 옮김
40 어두운 상점들의 거리 파트릭 모디아노 | 김화영 옮김
41 순교자 김은국 | 도정일 옮김
42 젊은 베르테르의 슬픔 요한 볼프강 폰 괴테 | 안장혁 옮김
43 더블린 사람들 제임스 조이스 | 진선주 옮김
44 설득 제인 오스틴 | 원영선, 전신화 옮김
45 인공호흡 리카르도 피글리아 | 엄지영 옮김
46 정글북 러디어드 키플링 | 손향숙 옮김
47 외로운 남자 외젠 이오네스코 | 이재룡 옮김
48 에피 브리스트 테오도어 폰타네 | 한미희 옮김
49 둔황 이노우에 야스시 | 임용택 옮김
50 미크로메가스·캉디드 혹은 낙관주의 볼테르 | 이병애 옮김

51, 52 염소의 축제 마리오 바르가스 요사 | 송병선 옮김
53 고야산 스님·초롱불 노래 이즈미 교카 | 임태균 옮김
54 다니엘서 E. L. 닥터로 | 정상준 옮김
55 이날을 위한 우산 빌헬름 게나치노 | 박교진 옮김
56 톰 소여의 모험 마크 트웨인 | 강미경 옮김
57 카사노바의 귀향·꿈의 노벨레 아르투어 슈니츨러 | 모명숙 옮김
58 바보들을 위한 학교 사샤 소콜로프 | 권정임 옮김
59 어느 어릿광대의 견해 하인리히 뵐 | 신동도 옮김
60 웃는 늑대 쓰시마 유코 | 김훈아 옮김
61 팔코너 존 치버 | 박영원 옮김
62 한눈팔기 나쓰메 소세키 | 조영석 옮김
63, 64 톰 아저씨의 오두막 해리엇 비처 스토 | 이종인 옮김
65 아버지와 아들 이반 투르게네프 | 이항재 옮김
66 베니스의 상인 윌리엄 셰익스피어 | 이경식 옮김
67 해부학자 페데리코 안다아시 | 조구호 옮김
68 긴 이별을 위한 짧은 편지 페터 한트케 | 안장혁 옮김
69 호텔 뒤락 애니타 브루크너 | 김정 옮김
70 잔해 쥘리앵 그린 | 김종우 옮김
71 절망 블라디미르 나보코프 | 최종술 옮김
72 더버빌가의 테스 토머스 하디 | 유명숙 옮김
73 감상소설 미하일 조셴코 | 백용식 옮김
74 빙하와 어둠의 공포 크리스토프 란스마이어 | 진일상 옮김
75 쓰가루·석별·옛날이야기 다자이 오사무 | 서재곤 옮김
76 이인 알베르 카뮈 | 이기언 옮김
77 달려라, 토끼 존 업다이크 | 정영목 옮김
78 몰락하는 자 토마스 베른하르트 | 박인원 옮김
79, 80 한밤의 아이들 살만 루슈디 | 김진준 옮김
81 죽은 군대의 장군 이스마일 카다레 | 이창실 옮김
82 페레이라가 주장하다 안토니오 타부키 | 이승수 옮김
83, 84 목로주점 에밀 졸라 | 박명숙 옮김
85 아베 일족 모리 오가이 | 권태민 옮김
86 폭풍의 언덕 에밀리 브론테 | 김정아 옮김
87, 88 늦여름 아달베르트 슈티프터 | 박종대 옮김
89 클레브 공작부인 라파예트 부인 | 류재화 옮김
90 P세대 빅토르 펠레빈 | 박혜경 옮김
91 노인과 바다 어니스트 헤밍웨이 | 이인규 옮김
92 물방울 메도루마 슌 | 유은경 옮김
93 도깨비불 피에르 드리외라로셸 | 이재룡 옮김
94 프랑켄슈타인 메리 셸리 | 김선형 옮김
95 래그타임 E. L. 닥터로 | 최용준 옮김
96 캔터빌의 유령 오스카 와일드 | 김미나 옮김
97 만(卍)·시게모토 소장의 어머니 다니자키 준이치로 | 김춘미, 이호철 옮김
98 맨해튼 트랜스퍼 존 더스패서스 | 박경희 옮김
99 단순한 열정 아니 에르노 | 최정수 옮김

100 열세 걸음 모옌 | 임홍빈 옮김
101 데미안 헤르만 헤세 | 안인희 옮김
102 수레바퀴 아래서 헤르만 헤세 | 한미희 옮김
103 소리와 분노 윌리엄 포크너 | 공진호 옮김
104 곰 윌리엄 포크너 | 민은영 옮김
105 롤리타 블라디미르 나보코프 | 김진준 옮김
106, 107 부활 레프 톨스토이 | 박형규 옮김
108, 109 모래그릇 마쓰모토 세이초 | 이병진 옮김
110 은둔자 막심 고리키 | 이강은 옮김
111 불타버린 지도 아베 고보 | 이영미 옮김
112 말라볼리아가의 사람들 조반니 베르가 | 김운찬 옮김
113 디어 라이프 앨리스 먼로 | 정연희 옮김
114 돈 카를로스 프리드리히 실러 | 안인희 옮김
115 인간 짐승 에밀 졸라 | 이철의 옮김
116 빌러비드 토니 모리슨 | 최인자 옮김
117, 118 미국의 목가 필립 로스 | 정영목 옮김
119 대성당 레이먼드 카버 | 김연수 옮김
120 나나 에밀 졸라 | 김치수 옮김
121, 122 제르미날 에밀 졸라 | 박명숙 옮김
123 현기증. 감정들 W. G. 제발트 | 배수아 옮김
124 강 동쪽의 기담 나가이 가후 | 정병호 옮김
125 붉은 밤의 도시들 윌리엄 버로스 | 박인찬 옮김
126 수고양이 무어의 인생관 E. T. A. 호프만 | 박은경 옮김
127 맘브루 R. H. 모레노 두란 | 송병선 옮김
128 익사 오에 겐자부로 | 박유하 옮김
129 땅의 혜택 크누트 함순 | 안미란 옮김
130 불안의 책 페르난두 페소아 | 오진영 옮김
131, 132 사랑과 어둠의 이야기 아모스 오즈 | 최창모 옮김
133 페스트 알베르 카뮈 | 유호식 옮김
134 다마세누 몬테이루의 잃어버린 머리 안토니오 타부키 | 이현경 옮김
135 작은 것들의 신 아룬다티 로이 | 박찬원 옮김
136 시스터 캐리 시어도어 드라이저 | 송은주 옮김
137 고독한 산책자의 몽상 장자크 루소 | 문경자 옮김
138 용의자의 야간열차 다와다 요코 | 이영미 옮김
139 세기아의 고백 알프레드 드 뮈세 | 김미성 옮김
140 햄릿 윌리엄 셰익스피어 | 이경식 옮김
141 카산드라 크리스타 볼프 | 한미희 옮김
142 이 글을 읽는 사람에게 영원한 저주를 마누엘 푸익 | 송병선 옮김
143 마음 나쓰메 소세키 | 유은경 옮김
144 바다 존 밴빌 | 정영목 옮김
145, 146, 147, 148 전쟁과 평화 레프 톨스토이 | 박형규 옮김
149 세 가지 이야기 귀스타브 플로베르 | 고봉만 옮김
150 제5도살장 커트 보니것 | 정영목 옮김
151 알렉시 · 은총의 일격 마르그리트 유르스나르 | 윤진 옮김

152 말라 온다 알베르토 푸켓 | 엄지영 옮김
153 아르세니예프의 인생 이반 부닌 | 이항재 옮김
154 오만과 편견 제인 오스틴 | 류경희 옮김
155 돈 에밀 졸라 | 유기환 옮김
156 젊은 예술가의 초상 제임스 조이스 | 진선주 옮김
157, 158, 159 카라마조프가의 형제들 표도르 도스토옙스키 | 김희숙 옮김
160 진 브로디 선생의 전성기 뮤리얼 스파크 | 서정은 옮김
161 13인당 이야기 오노레 드 발자크 | 송기정 옮김
162 하지 무라트 레프 톨스토이 | 박형규 옮김
163 희망 앙드레 말로 | 김웅권 옮김
164 임멘 호수·백마의 기사·프시케 테오도어 슈토름 | 배정희 옮김
165 밤은 부드러워라 F. 스콧 피츠제럴드 | 정영목 옮김
166 야간비행 앙투안 드 생텍쥐페리 | 용경식 옮김
167 나이트우드 주나 반스 | 이예원 옮김
168 소년들 앙리 드 몽테를랑 | 유정애 옮김
169, 170 독립기념일 리처드 포드 | 박영원 옮김
171, 172 닥터 지바고 보리스 파스테르나크 | 박형규 옮김
173 싯다르타 헤르만 헤세 | 권혁준 옮김
174 야만인을 기다리며 J. M. 쿳시 | 왕은철 옮김
175 철학편지 볼테르 | 이봉지 옮김
176 거지 소녀 앨리스 먼로 | 민은영 옮김
177 창백한 불꽃 블라디미르 나보코프 | 김윤하 옮김
178 슈틸러 막스 프리슈 | 김인순 옮김
179 시핑 뉴스 애니 프루 | 민승남 옮김
180 이 세상의 왕국 알레호 카르펜티에르 | 조구호 옮김
181 철의 시대 J. M. 쿳시 | 왕은철 옮김
182 카시지 조이스 캐럴 오츠 | 공경희 옮김
183, 184 모비 딕 허먼 멜빌 | 황유원 옮김
185 솔로몬의 노래 토니 모리슨 | 김선형 옮김
186 무기여 잘 있거라 어니스트 헤밍웨이 | 권진아 옮김
187 컬러 퍼플 앨리스 워커 | 고정아 옮김
188, 189 죄와 벌 표도르 도스토옙스키 | 이문영 옮김
190 사랑 광기 그리고 죽음의 이야기 오라시오 키로가 | 엄지영 옮김
191 빅 슬립 레이먼드 챈들러 | 김진준 옮김
192 시간은 밤 류드밀라 페트루솁스카야 | 김혜란 옮김
193 타타르인의 사막 디노 부차티 | 한리나 옮김
194 고양이와 쥐 귄터 그라스 | 박경희 옮김
195 펠리시아의 여정 윌리엄 트레버 | 박찬원 옮김
196 마이클 K의 삶과 시대 J. M. 쿳시 | 왕은철 옮김
197, 198 오스카와 루신다 피터 케리 | 김시현 옮김
199 패싱 넬라 라슨 | 박경희 옮김
200 마담 보바리 귀스타브 플로베르 | 김남주 옮김
201 패주 에밀 졸라 | 유기환 옮김
202 도시와 개들 마리오 바르가스 요사 | 송병선 옮김

203 루시 저메이카 킨케이드 | 정소영 옮김
204 대지 에밀 졸라 | 조성애 옮김
205, 206 백치 표도르 도스토옙스키 | 김희숙 옮김
207 백야 표도르 도스토옙스키 | 박은정 옮김
208 순수의 시대 이디스 워턴 | 손영미 옮김
209 단순한 이야기 엘리자베스 인치볼드 | 이혜수 옮김
210 바닷가에서 압둘라자크 구르나 | 황유원 옮김
211 낙원 압둘라자크 구르나 | 왕은철 옮김
212 피라미드 이스마일 카다레 | 이창실 옮김
213 애니 존 저메이카 킨케이드 | 정소영 옮김
214 지고 말 것을 가와바타 야스나리 | 박혜성 옮김
215 부서진 사월 이스마일 카다레 | 유정희 옮김
216 사람은 무엇으로 사는가 레프 톨스토이 | 이항재 옮김
217, 218 악마의 시 살만 루슈디 | 김진준 옮김
219 오늘을 잡아라 솔 벨로 | 김진준 옮김
220 배반 압둘라자크 구르나 | 황가한 옮김
221 어두운 밤 나는 적막한 집을 나섰다 페터 한트케 | 윤시향 옮김
222 무어의 마지막 한숨 살만 루슈디 | 김진준 옮김
223 속죄 이언 매큐언 | 한정아 옮김
224 암스테르담 이언 매큐언 | 박경희 옮김
225, 226, 227 특성 없는 남자 로베르트 무질 | 박종대 옮김
228 앨프리드와 에밀리 도리스 레싱 | 민은영 옮김

● 문학동네 세계문학전집은 계속 출간됩니다